时间的沉沙

THE SANDS OF TIME

张珂◎著

从日常琐事中抬起头来
遥望远方 审视生命

新华出版社

图书在版编目（CIP）数据

时间的沉沙 / 张珂著. -- 北京：新华出版社, 2018.3
ISBN 978-7-5166-3965-8

Ⅰ.①时…　Ⅱ.①张…　Ⅲ.①诗集–中国–当代
Ⅳ.①I227

中国版本图书馆CIP数据核字(2018)第062318号

时间的沉沙

作　　者：张　珂	
选题策划：徐文贤	责任印制：廖成华
责任编辑：徐文贤	封面设计：臻美书装

出版发行：新华出版社
地　　址：北京石景山区京原路8号　　邮　　编：100040
网　　址：http://www.xinhuapub.com
经　　销：新华书店、新华出版社天猫旗舰店、京东旗舰店及各大网店
购书热线：010-63077122　　中国新闻书店购书热线：010-63072012
照　　排：臻美书装
印　　刷：河北鑫兆源印刷有限公司
成品尺寸：150mm×230mm　1/20
印　　张：20　　　　　　　　　字　　数：200千字
版　　次：2018年5月第一版　　印　　次：2018年5月第一次印刷
书　　号：ISBN 978-7-5166-3965-8
定　　价：45.00元

版权专有，侵权必究。如有质量问题，请与出版社联系调换：010-63077101

自　序

当时间的潮水退去，在沉沙下面埋葬的除了几块斑斑白骨，还会有什么呢？还会有死去了的和拒绝死去的欲望，还有无奈的怅惘和诗意的眷恋，还会有反抗的意志。反抗使灵魂仍握着拳头，瞪着不眠的眼。

对时间的反抗是生命不自觉的冲动，一种存在的必然和状态。它源自对生命凄美的留恋，源自生命对时间的不甘。你或许感觉不到它，但它总是在的，在你心底涌动，越接近终点越强烈，越接近结束越无奈。

古人用沙漏计时，已经把时间和沙砾联系起来了。是的，人活在时间沙砾一刻不停地堆积中，直到它们一粒一粒地足够把你埋葬。人在时间沙砾的堆积中喘息着，挣扎着，直到告别的那一瞬。

时间与人的生命意志是一对无法化解的矛盾。时间赋予人以生命，但时间随即又用死亡夺去生命，带来无尽的失落和悲凉；人带着惊喜和期待来到这个世界，却发现自己只是匆匆的过客，自己来了只是为了走开。在失望中，人发现生命中的一切并没有内在和外在的意义。

时间一直在屠戮着人的特殊性，藐视着人生的欲望，抹杀着人生的意义。人无法接受如同草木野兽一样的命运，总是希望获得特别的存在感。但在残酷的时间沙砾中这种超越自我的欲望却总是枉然。人在恐惧和绝望中曾诉诸神灵和上帝，希望能被拯救，可这种愿望在死亡和湮灭面前总是一次次被戳穿，一次次被放弃。人又一次成为弃儿，在时间的沙漠里吃尽黄沙而茫然无助。

有些坚强的人劝说不要畏惧死亡，也有一些哲学家（如毕达哥拉斯、柏拉图和塞涅卡等）说人应该追求和渴望死亡。但这些说法是建立在虚拟的神性和灵魂不死的前提下的，无法从根源上化解人对死亡的恐惧；况且即使找到了关于死亡的答案，关于时间的答案仍然没有着落。

人在时间中坚持活下去是有荒谬性的。加缪曾说："唯一严肃的哲学问题是自杀"。他思考的问题是在人生的无意义面前是继续荒谬地活下去，还是理智地自己走开。但加缪没有意识到，自杀在时间面前是无效的；活着是荒谬的，自杀更加荒谬；自杀无法使人摆脱荒谬，也无法使人解脱于自由。

当人满怀信仰和理想时，死亡可以被当作手段和媒介，此时的死亡是快乐的和被渴求的。死亡留下的回响可以延续生命和希望。但时间不能。时间不是任何手段，不是任何媒介，时间是一切的终结者。时间不会容忍任何信仰和理想，它如黑暗一般覆盖一切。时间只是沉默着，只是湮灭着，以终极性浇灭着一切渴望，包括死亡。在时间面前，死亡并不具有终极性，它甚至不是反抗，而只是软弱和逃避。在时间面前，死亡同生命没有区别，如希望与绝望没有差异一样，它们都只是一粒粒流沙，只是形状和质地略有不同而已。时间带来的虚无比生命的荒谬性更让人无处躲藏。

尼采说人生的最佳选择是不要生出来，不要存在，只要虚无；如果做不到这些，那么第二种选择就是快点去死。[1] 但绝对的虚无主义却从来不是人的选择。在虚无面前，人选择了在荒谬中活下去；在时间面前，人选择了非理性的不屈。虽然无法抗拒时间

---

1 参见《尼采的脸》，《时间的夜影》。

的毁灭，人仍然不会在绝望中沉沦；虽然无法突破时间虚无的大网，人仍然不会被荒谬性的漩涡所吞没。出于本能也好，出于理智也好，人对生存的留恋远大于对时间的恐惧，人对意义的追求远大于虚无主义的坠力。在荒谬性中进行非理性的反抗是人的生命意志，虽然这种形而上学的反抗无力使人挣脱无意义，虽然抗争只会使人陷入更浓重的荒谬性之中。

人对生命荒谬性的反抗需要存在的勇气。伊壁鸠鲁主义试图用快乐漠视死亡和遗忘时间。"肉体的健康和灵魂的宁静"固然好，但这只是无奈和无力的反抗。快乐能带来暂时的忘却和麻醉，却不是有效的药方。在快乐中，人的存在仍然无法获得意义和价值；笑声过后，人只能更觉落寞；酒醒之后，人只会更觉凄凉。

人对时间毁灭性的反抗则呼唤英雄主义。英雄主义凝聚了人最强的力量，是人最有力的反抗形式，是人存在最好的结局。英雄主义在一定程度上可以帮助人挣脱时间的桎梏，是人实现从无意义中自我救赎的唯一希望。但英雄主义也是有局限性的。有限的人性永远望不到时间无限的尽头；无论人怎样呐喊和抗争，人性在时间无限性面前的渺小和无助都是无法被动摇的。人偶然地分享了一段时间，却绝无与时间同在的可能。个人欲望的极限是与人的类的存在同在。这就是英雄主义的反抗所能达到的高度。

除了反抗，人没有别的归宿。人对时间的反抗是无效的，但也并非枉然。反抗不能打败时间，却可以挑战生命的荒谬性，以生命意志自赋的尊严去对决存在的荒谬性。

反抗不能为生命正名，反抗不能改变死亡的性质，但反抗可以赋予生命以诗意。如果说人存在的荒谬性是来自时间虚无性的嘲讽的话，人的自主的反抗意志则是回应这种嘲讽的一抹诗意。诗意来自对生命的珍惜和自尊，来自反抗中无望的悲剧性。海德格尔说人的"向死而生"，说人在世界上是"诗意的栖居"。在我看来，英雄主义的人生方向应是"由死向生"；而所谓的诗意的栖居正是指人对时间的反抗给生命意志涂上的一层浓重的悲剧色彩。这种栖居中悲壮的诗意就是人的反抗在时间的沉沙中溅起的一朵小小的血色浪花和泛起的一串细细的涟漪。

反抗使人勇于直面死亡的残酷，反抗使人敢于承担生命的无意义。反抗是人找寻存在意义的唯一的稻草和仅有的荆途。反抗是人栖居于世的一首悲惋的诗章。

反抗是人存在的底线。在这个底线之上，人才能够坦然地一个人在静夜里读诗，默默地孤独，默默地感动，默默地细数生命的分秒在时间的风沙中漫过。

这本诗集是时间系列的第二部，是《时间的夜影》的延续。本集与辑录了我在2015年部分诗作的《时间的夜影》不同，基本上是按照对时间的反抗这个主题选录的，其中的296首作品是我在过去十几年中陆续完成的。

《时间的夜影》出版后，效果远超最初的预期。诗集似乎触及了同龄人心灵中柔软和脆弱的角落，他们真诚的感动和眼泪给予我莫大的触动和感慨。正是这种首肯和共鸣给了我出版这部诗集的动力和勇气。

衷心感谢新华出版社的徐文贤编辑，他不仅能够容忍和接纳这些作品，还以专业而高效的工作促使本诗集能够尽快如愿出版。

张珂
2017年12月25日
2018年3月23日修改

目 录

阿克玛托娃………………1	被盗的探戈………………30
爱的翅膀……………………4	彼岸…………………………32
爱的极限……………………5	必要性………………………33
爱情的形式…………………8	变……………………………34
爱因斯坦……………………9	不太寂寞……………………35
熬夜…………………………10	残酷的温柔…………………36
巴黎的秘密…………………12	诧异的纪念碑………………37
巴黎圣母院钟楼的教士……14	沉落的眼神…………………39
白玫瑰………………………16	沉默…………………………41
柏拉图的囚徒………………17	惩罚…………………………42
半瓶酒………………………18	重归宿命……………………43
半支烟………………………19	赤裸…………………………44
悲剧与不幸…………………20	除了隐者……………………45
悲伤的黄昏…………………21	春风，死亡…………………46
北斗星………………………22	春华…………………………47
北京，遗落的青春…………24	春祭…………………………48
背后…………………………26	春鸟…………………………49
背景…………………………28	纯诗人………………………50
背叛…………………………29	词与诗………………………51

存在	53	告风	89
当时间结束	54	给仓央嘉措	90
倒影	56	姑娘跟我走	92
等待时间	57	孤独的定义	93
等候	58	孤独的人	94
笛声	59	孤独的战旗	95
貂蝉	60	惯性	96
貂蝉别语	62	归乡的路	97
雕像的眼泪	63	海子祭	99
冬夜的反叛	66	黑玫瑰	100
冬雨	68	黑色的花	101
短暂的蔚蓝	69	鸿门宴	102
断章	70	胡雪岩	103
二十个世纪	71	花　欲望	104
反抗的命题	73	花瓣的轮回	105
反抗者	74	花开无声	107
芳香	76	花冢	108
飞花	77	画卷	109
飞翔	78	灰烬入风	110
风	79	回响	111
风的重量	80	火炬	112
风空	81	或有意义	114
枫叶	82	即将死去的人	115
蜂蜜	83	记忆辩证法	117
浮萍	84	祭	118
腐烂的眼睛	85	假如生命	120
复苏	86	剑桥的葬礼	121
高潮	88	江湖	123

荆轲祭	124
静的交响乐	125
静谧	126
镜中影	127
镜子中的自己	128
酒后的诗意	130
绝对的火柴	131
绝望后的境界	133
空窗	134
哭泣	135
苦难的前提	136
兰花	137
蓝色的血	139
冷	140
梨花无语	142
理由	144
历史的画卷	145
炼狱的坐标	146
烈火	148
另一种温柔	149
流浪的瞳仁	150
留白	151
六月冰川	152
镂空	154
路口	155
露水	156
露西归来	157
论下午不能喝酒	158
马勒的夜	159
没上锁的故乡	160
美	161
美人	162
蒙娜丽莎的微笑	163
梦的终极	164
梦境	166
梦影	168
莫斯科秋夜	169
某种冬夜	171
某种醉	173
目光	175
牧笛	176
那个目光	177
你的歌声	178
你让我想起	179
你是谁	181
疲倦	182
祈求	183
迁移	184
前行中的祷告	185
浅秋	186
轻吻	188
轻烟	189
倾听	191
秋歌	192
秋暮	193
人形的爬虫	194

日出的悖谬	195
日出的挽歌	197
日落时	198
如果	200
若无	201
三月三日	202
上海的意义	203
涉渡者	204
呻吟	205
神圣的眼神	207
生命	209
圣西门墓志铭	210
剩梦	211
失败的命数	213
失眠夜	214
诗义	216
诗与剑	217
时间不会	218
时间的表情	219
时间的定义	220
时间的重量	222
时间也回头	224
是谁	225
是她	226
逝去的春天	228
誓言	229
衰老的伤口	230
思念	232
思念的枫叶	233
思想	235
死神的尴尬	236
死亡的温柔	237
死亡之后	239
死亡之花	241
四月	243
苏格拉底的手	245
宿命的小舟	246
隧道的尽头	248
缩影	249
所谓凄凉	251
锁链	252
他	253
台词	255
太阳的告别	257
太阳的灰烬	258
太阳花开	259
叹息	260
逃避	261
逃犯	263
陶醉	264
天堂的途径	265
天堂与地狱	266
跳舞	268
偷来的梦	269
弯曲的时间	270
挽歌的变奏	272

晚祷	273
望海的小窗	274
唯一	275
唯一的真实	276
为什么	277
为什么还要	278
温柔的小手	279
文明	280
我的手	282
我欲　却不能	283
我知道，我不知道	284
我知道你	285
无法躲避	286
无关	287
无痕	288
无题	290
无谓	291
五十岁第一天的漫步	292
五月	294
午夜的葬礼	295
舞者	296
夕阳的海	297
仙人掌	298
相知不相遇	300
香榭里榭印象	302
萧条的秋忆	303
潇洒·秋叶	304
肖邦夜曲	305
笑意	306
心脏	307
新的，旧的	309
星空的图腾	310
雄鹰	312
虚妄	313
虚无的结构	314
虚无的境界	317
酗酒	319
雪花	320
雪花落有声	321
勋章	322
寻找	323
妖花	324
要有光	325
夜班飞机	326
夜的花环	327
夜的手	329
夜读	330
夜读司马迁	332
夜惑	334
夜空	336
夜里	337
夜畔歌声	338
夜深沉	339
幽默	340
一滴血	341
一个小站	342

一夜昙花	343		月亮穿着	364
遗漏的阳光	344		月夜舞会	365
意犹未尽	346		云朵的存在	366
隐士的夕阳	347		在那个夏天	368
隐士的影子	348		在这透明的秋夜	370
隐者的宿命	349		这首提琴曲	372
隐者的幸福	350		真我的回音	373
印象	351		只能继续	374
影子	353		纸花	375
又见夕阳	354		致孤独	376
余烟	355		致 Mireille Mathieu	377
虞姬之恋	356		驻守	379
雨	358		自虐的快乐	380
雨果的诗	359		子夜玫瑰	382
雨是梦	361		最爱	383
欲望的底层	362		最亮的一颗星	384
原子世纪六十周年祭	363		醉的因缘	386

阿克玛托娃

I
同一轮冷月
同一染红尘
同一种伤痛
同一泡心血

有了你
高贵的孤独和感伤
不再需要
任何逃避和借口

有了你
坚韧的牺牲
不再需要
任何形式的比较

有了你
傲然的美丽
丑陋
不会再有烦扰

夜里反复翻阅着
你的诗集

寻找着
最初的
失落的
吻痕

你苦难中
固执地高昂着的头颅

像灼热的钢水
沸腾地流入心灵
加固着
最后阵地的地基

像一面不肯倒下的战旗
胜利地飘扬在
最后堡垒的城头

II
在月光的倒影下
只有你
温柔地
在雪茄乐谱上舞蹈

映着朝阳的熹辉
只有你
无声地
在唱那首忧郁的歌

你的舞姿
是已经消失了的
远古的图谱

你的歌声
是正在风雪中融化的
生命的悼词

III
你的影子
在哪里

是在子夜
莫斯科的酒吧里

是在西伯利亚
冬夜嚎啕的北方里

是在巴黎塞纳河边
午后慵懒飘荡的游艇里

是在上海傍晚
雨滴打在芭蕉叶上的寂寞里

还是在你眼神中
不经意间
泄漏了的
无尽的忧伤里

2011/4/28

爱的翅膀

爱是翅膀
却只有一只

她让你想象天空
却无法带你振翅高飞

如果残缺是美
一只翅膀才更美

2016/2/26

爱的极限

爱的极限
是死亡边缘的
欣然和麻木

无可救药地沉醉了
不可挽回地屈服了

虚无
是在原始的原野上舞蹈
惊喜而又失落
没有文字
没有感觉
浩然的空白
不自觉的忘我

被忘我吞噬
在虚空中漂浮
在苍白中流血
在黑暗中战栗

从峰巅的顶点起跳
触摸天际
又坠落到

深渊的最低点

像块山野中
千年的石头
在跌落中享受着
风的自由

失去了
天地中的容身之地
莫名的绝望
却提供了升腾的无限

不再有你
不再有我
不再有刻骨铭心的
悲欢离合

语言和诗
像迷途的鸽子
不知飞到了何处
留下的只有苍白

已经精疲力尽了
无力去想
无力去说
无力去希望
无力去绝望
无力去寻找

那些迷途的鸽子

要么驱散你
要么消灭我
要么融为一体
融化于永恒的虚无

在爱的极限
有诀别冰冷的甜蜜
握不到命运的手
却享受
坠入死亡的温柔

那久违了的包容一切
一直若隐若现的毁灭
和升华的原点

      2016/12/31
      午夜十时四十分

爱情的形式

把绞索当成漂亮的领带
系在脖子上
快乐地去参加自己的
生日派对
还翩翩起舞

或者
像苏格拉底
为逃避悍妻的欺虐
快乐地
痛饮她调制的毒酒

或者
像释迦牟尼
在荒原的枯树下
虔诚地躲避
少女们爱的絮语

或者
像一只松鼠
毕生在树上飞奔来去
采集她喜爱的
那种坚果

2009/7/18

爱因斯坦

如果真有灵魂和炼狱
如果你能有机会从火炉里抬头
当你的眼神扫过
干涸的海洋
秃毛的山脉
夷灭的村庄
废城中横弃的焦尸
被风化的神像和长城的碎瓦

你或许会顿悟——
坟冢中没有天真的祭坛
邪恶侏儒的思考
只是自我毁灭的道具

这时你是否会撕裂灵魂
用它的碎片
在凶手旁边
立下一个
忏悔的灵牌

2005/1/7

熬夜

为何每晚
都要熬夜

因为不愿接受
时光流走的事实

为何每晚
都不愿入睡

因为不愿与
另一个日月更替
含泪告别

为何每晚
都要精疲力尽

因为不愿猜测
明日会有
怎样的分秒

为何每晚
都依依不舍

因为不愿断定
明早醒来的
是个相同的我

2017/2/18

巴黎的秘密

黑暗的元素
在苍白的光芒前
阴沉地发酵

丧失反射功能的镜面上
一双美丽的脚
伴着百合剥落的节奏
在优雅地跳舞

悲伤无数次主宰过梦境
只是记忆从未醉而不醒
只是未来仍要残酷地展开

一座教堂即将坍塌
因为它忘记了宗教的名字
夕阳中飘荡着一缕
即将枯萎的目光

病态的美丽在茁壮地盛开
失去瞳仁的双眼
在痴迷地陶醉

咆哮的旋风

朗诵着抑扬顿挫的诗句

好似在宣告

毁灭即将延续到

所有记忆的足迹

2003/3/28

巴黎

巴黎圣母院钟楼的教士

就这样孤独地
伫立在这里
已有一千余年
没有风雪
没有阳光
没有对情感的追忆
只专注于对自己谦卑的怜悯
只要找寻或埋葬
这悲伤的灵魂
每当正点的钟声敲响
人们举头将我凝望
我宽容地泼洒怜悯
我的兄弟
我能做到
为什么你却不能

一只栖息在教士头顶上
经久的鸽子
突然抖动翅膀
消失在夕照弥漫的远方

硕大的太阳镜下

一颗泪珠缓缓流下
周围的人群继续着
欢愉的心情和琐碎的谈话
无暇留意这颤抖灵魂的交流

教士低垂的眼神望着我
似乎要默默地替我
将泪滴擦拭

但我的兄弟
泪痕会永远留在我面上
直到我们再聚首
也许在下一个千年

2003/6/7
巴黎

白玫瑰

她是白的

红的是血
不眠的是夜
清冷的是月
黑的仍然是泪

丢失的是落叶
找到的不是自己
忘却的是远方
记起的仍是流浪

可她
是空白的

2016/5/5

柏拉图的囚徒

柏拉图发现
人类是一群
可怜的囚徒

他们受到
本能的愚弄和禁锢
却已经习惯于囚禁和凌辱

对于从窗口射入的
智慧的光芒
感到荒谬
对于解放者的同情和帮助
感到耻辱和愤慨

其实柏拉图本人
也是一个柏拉图囚徒

是站在窗口
看见了光芒
等待着被解放的那一个

2013/1/20

半瓶酒

她是他的一瓶干邑
在命运的酒柜里
曾存储了千年之久

喝到一半时
他已经醉得
不省人事

醒来后发现
她人走了
酒瓶也
碎了

剩下的酒
早已挥发得
不留任何
痕迹

2011/11/9

半支烟

抽剩的半支烟
不用再去抽
也会慢慢地
燃尽

就像我们的故事
没有我
一样会有人爱你
慢慢地
消费掉你的
青春和美丽

地下的烟灰
不愿意知道
曾经属于过
谁

风吹过之后
一切都不留
痕迹

在岁月浓浓的
黑暗里

2011/12/30

悲剧与不幸

如果承认
时间是个悲剧
那么生命中
会减少很多不幸

如果将时间
视为喜剧
那么生命中
会徒增各种不幸

2012/4/3

悲伤的黄昏

枯黄的棕榈叶
载着时光的泪滴
盘旋着降落椅边
冻得萎缩的河流
蜷伏在落日悲伤的瞳孔中
逡巡地流向未知的远方

该丢失的都已丢失
得不到的不要再寻找

静听记忆的骚动
重读秋日的印记
阵阵微风不停地
掀动着那个尘封的祭坛

依然是陨落与残骸的见证人
依然是落寞而孤独的守望者
正如五千个纪元前
那个丢掉你的黄昏

2001/4/16　于剑桥（补）

北斗星

盲目积聚的头颅
泄露了类的本质
失去了个性的河流
滚动着去看燃放的烟花

虚伪做成的烟花
呼啸着升空
起哄般地爆炸
在瞬间的璀璨之后
又迅速重归死一般的沉寂

永久的沉寂
才是被轻蔑的真实

在山顶的一端
注视着那由七颗恒星组成的图腾
按照某种轨迹
一直在走远
一直在变小
一直在变得更加明亮

直到如海洋深处
沉默不语的水滴

然而
今晚凄萌的月光
会渗入
一颗心的感悟里

然而
明朝的日出
仍然会以荒谬的借口
给所有没有个性的心
注入起床的惯性

然而
那归隐的星
仍然会在漆黑的夜晚
照亮着自己
也照亮着所有迷航人
未来颠簸的航程

      2015/8/16 于香港山顶

北京,遗落的青春

这里
是春天的花园
也是与死亡签约的地方

坟墓就在
香山的旧址
峰顶的怪石和
昆明湖湖底的悲魂
沐浴着同样的月光

当复活的呼吸
融入天际
时间黑色的脸
轻蔑地抽搐

裤子胡同里没有裤子
有被人用废了的马嚼
堆积在当是裤裆的角落

当夕阳垂挂在八达岭
不知是否有人听到
一声叹息
响彻寂寞的胸膛

当粉红色的高跟鞋
从容地踩过流浪的诗句
我知道
为什么一切
要用鲜花的颜色来
装扮

激光灯下的醉眼
大概还不知道
与春药交换的
是一剂毒药
当高潮来时
毒药也准时高潮般地
发作

如今
子夜的窗外
依然炫耀着
赤裸的安娜
那太过人性的嚎啕

2010/1/1

背后

相视的不是眼睛
是目光

丢失的不是过去
是时光

遗忘的不是恋人
是真情

走远的不是背影
是依恋

谋杀的不是爱情
是错误

写下的不是诗词
是孤独

吸入的不是氧气
是意志

呼出的不是空气
是等待

等待的不是别人
是自己

2016/11/19

背景

溪流的吟诵不是为他
绿野的勃发不是为他

晚风的调情不是为他
鸟儿的歌唱不是为他

蜜蜂的辛劳不是为他
甜蜜的蜂蜜不为他采

蝴蝶的舞蹈不是为他
所有的花蕊不为他开

他只是春天远处
冬深的背景

2017/5/3

背叛

被背叛才是生活
被背叛才真实

严肃的事
在于对自己
永远无悔的忠诚

一次又一次
那盏照不到路的灯
划过了
谁的裸脸

2016/8/25

被盗的探戈

似乎已经久违了
时光倒流的不顾一切的迷幻
婆娑已是沉落的烟尘
苦涩似清晨离别的味道

雪茄刚刚还在
世故地探戈
戛然间
寂寞再次埋葬了
绝望的感悟
和刚刚诞生的一丝幽雅

再次点燃时
墙角的古希腊无臂的美女
已被偷走了
有人说是达利
骑着他六只腿的瘦马
驮着她走了

但达利了解褐色吗
没有了腋窝
女神失去了神性
没有了探戈

还有俄罗斯的风雪
吹不灭的夜幕下的烈火

夜色的神秘是
由她们的呻吟做成的
剩下的废料是
达利对美丽不舍的眷恋

雪花飞走时
美丽融化时
褐色变浓时
留下我
在暗夜中
和立体的野兽一起
踩着昨晚剩余的节拍
找寻着丢失的腋窝

可怜的达利
更可怜的我

       2004/9/29 中秋

彼岸

风将反抗的呐喊
忠实地吹向时间的彼岸
但它们没有回程
点绿这锈迹斑斑的期待

2009/9/26

必要性

快乐是不必要的
不要过于痛苦是必要的

绚烂是不必要的
烈火后的余晖是必要的

生是不必要的
生过之后的死是必要的

2016/9/27

变

在时间的刀俎上
风会变吗
呼吸会变吗
形式会变吗
本质会变吗
虚空会变吗
意义会变吗
我会变吗

变与不变的悖论
会变吗

变又怎样
不变又怎样

只要时间不变
变与不变
都是不变的结局

2017/3/25

不太寂寞

只要有诗有酒
有月有影

有曾经绚烂的玫瑰花开
和陡然的堕落

有曾经奔腾不羁的激流
和无救的干涸

坐在驶向固定终点的
囚车中
仍然不会太觉寂寞

2014/7/28

残酷的温柔

她眼中
有种残酷的温柔

温柔得让我
不敢直视
风中的留恋

残酷得让我
不敢回眸
自己的墓碑

在时间某处
她用那温柔的眼光
一直在注视着我

2017/12/17

诧异的纪念碑

历史的死亡
曾是个问号
从一双不瞑的眸子里
忐忑地闪出

无数的祷告和呐喊
升上天穹
天际的迷雾
戏弄着
问号的棱角

眸子跳跃着
疯狂的惊诧
目睹着时间
肢解自己脆弱的心脏

在血即将流尽的刹那
一颗陨石状的巨物
凌空而降
将那张不安分的
思考的嘴
砸得粉碎

透过飞溅的牙齿的碎片
不瞑的眸子
看到那是一个句号
上面刻满了
熟悉的祷告和呐喊

一个斩钉截铁的句号
替代了眸子的问号

在赤裸的真实中
不瞑的眸子凝铸成
一座诧异的纪念碑

2001/2/20

沉落的眼神

这世界的一角
曾是精神抗争的中心
在地中海东岸
纯净的蔚蓝与
夕阳深沉地拥抱着
如历史与幻觉般
不可分离

像往日一样从容
像往日一样寂寞
像耶稣流浪的脚印
像死亡兼收的宽容
像生命之唇无悔的吻痕

海边漫步着
思想的幽灵
嗅着远古的血泪
体味着结局的无奈
脚下的波涛呻吟着
如同理性尴尬地挣扎

激情会很深刻
忘却也是徒劳

甜蜜和苦痛的永恒
只有心灵的墓碑知晓
汗水浇灌的绿洲
也会变成无边的沙漠
脚印里
也没有生出莲花

夕样沉落时
沉落的还有
耶稣悲悯的眼神

2004/4/26　于特拉维夫

沉默

玫瑰的沉默
不是凋谢
是把自己寄存在远方

风的沉默
不是消失
是在为反抗积蓄愤怒

盛开与席卷
不仅仅在梦中
狂飙

2010/4/10

惩罚

已有本能君临
为何要有感知来嘲讽

已有感知在思考
为何要有本能来羞辱

一切将快乐如歌
当生命
只有单一主宰

本能与感知的姻缘
始于寻找意义
却是一切悲剧的根源

2004/12/11

重归宿命

如果生命
及生命里的一切
统统都被打碎
如碎玻璃片洒满街头

如果宿命
给出一次修补的机会
他会怎样选择

他会拾起那些碎片
用大写的字母
重写反抗和尊严的名字

并且重新竖起
带血的十字架

承诺的完整
必须没有一丝缺口
苦难的必然
必须没有一刻苟且

2004/11/23

赤裸

玫瑰
盛开着赤裸的荒谬

你黑色的放纵
曾经虔诚地栽种在
我的教堂

花瓣
已被那年的冬风掠走了

荒谬的种子
不知在哪个欢愉的角落
享受着没有结局的盛开

2017/9/1

除了隐者

所有人
都是一样的

皇帝与奴隶
强奸犯与太监
首富与乞丐
修女与妓女
爱丝美拉达和卡西莫多
罗马人和犹太人
匈奴和印第安人
圣人和倭寇
原始人和外星人

因为
都是时间
无知觉和屈辱的载体

悲伤和快乐
都无用

除了隐者

2009/3/29

春风,死亡

春风
传递着
死亡迟到的嘱托

吹过的地面上
盛开着
虚构的欲望
和被窜改了的
花的味道

2009/3/15

春华

春花的绽放
如同诗集的出版
泄密了悲伤的根据

渴望的灰烬
深埋在泥土里
缠绕着花
和死亡的根系

为了否定阳光

爱花的他
本来是个要为生命
歌唱的人

2017/4/4

春祭

又一次被春风
吹散了的等待

又一个被虔诚
焚毁的定格

又一滩被思念
煎熬了的黑血

既然悲伤
就不再需要死亡证明
纵然褐色灰烬的升腾
留下愈来愈长的倒影

2010/5/19

春鸟

春鸟
你清澈的歌声
能否击破
失望铸就的
虚空的堡垒

春鸟
你激越的双翅
能否唤醒
埋葬着回忆的
冰封的墓园

春鸟
你飞舞的纯真
能否纠正
高峰与深渊之间
颠倒的地平线

2017/4/11

纯诗人

诗情
并不是扭曲生命的
特权

诗才
绝不是傲物轻狂的
资本

写诗
并不是让自己堕落的
断壁

如果需要用自杀
来自我定义
纯诗人的最终结局
仍然只能是只
在囚笼中
悲鸣的可怜的
小小鸟

不管已经活着
或者
已经死了

2012/7/25

词与诗

（一）

词
是破碎心灵的子宫

它以千年熔炼的幽雅
收藏我
无路可去的眼泪
亲吻我
无法躲避的忧伤

然后将它们凝结成词句
轻轻地投入
缠绵而沉醉的晚风里

（二）

诗
是一只被摔碎了的酒杯

它无法承接我
燃烧着的愤怒

它冲动着我
黑色的不羁

它见证着我
无望而无畏的反抗

2010/11/7

存在

一壶茶
一杯酒
一张书桌
一庵静谧的庙宇

一只太阳
一轮月亮
一套北斗
一顶星空

一吐朝阳
一洒夕照
一滴眼泪
一卷诗词

一位自我
一隅角落
一段时间
一种反抗

一个悲剧
未知的结局

2013/4/16

当时间结束

当时间结束
平静是无忌的海
不再对命运好奇
不去对使命追问
不会再对自己无情地责备
任凭恣意的波涛
在空旷的心跳中
自为地翻滚

时间的灰烬
织成黑色的纱布
遮住了不再失眠的双眼
让被塞住的耳朵尽情地倾听
鸟儿的歌唱
让饥渴的嘴尽情地去饮
封存多年的陈酿
让酒后的干裂的唇尽情地去吻
百花的甘露

到那时
黑暗已然把使命交给了命运
命运已然变成了烈士
无尽的波涛里翻滚的已然是

无怨的泪滴

当最后一滴心泪
伴着最后一秒的滴答
跌落
当如琼浆般被啜饮
生命当如酒杯般破碎
风中奏出诀别乐章最后的音符
当如菱瓣般洒落一地
随着彩色的秋风
散发着醉人的秋香
娉婷地坠入意志的忘川

当时间结束
苦难的灵魂
完成了一次顽强的盛开

最后的
释然的
盛开

2017/7/10

倒影

泪川中的倒影
是折射于星空的预言

如梦一般婆娑

疲惫中的呻吟
是日月协奏的乐谱

如诗一般迷醉

拒绝弯腰
即使明晨
没有日出

拒绝逃避
即使彼岸
没有回音

就这样注视着自己的倒影
恍若迷失在
另一个时空中
孤独的自我

2017/5/10

等待时间

我知道
你忙于屠戮
不会等我

我知道
你沉迷于生成与毁灭的游戏
不会等我

我知道
你热衷于虚荣的算计
不会等我

但我会等你
在坟墓的静谧中
在风语的低吟中
在花瓣的绚烂中
在夕阳的沉寂中
在背影的落寞中

我会默默地
等你

2017/9/9

等候

在时间坐标上的这一刻
我轻轻地告诉盛装的死亡
我不会等他

死亡于是优雅地跳下了战车
坐在路边的树墩上
抽起了雪茄

对我说
那就让我在此等你

我随便悄悄地告诉守时的死亡
我的血里流动着一种
叫做永恒的癌细胞

死亡于是礼貌地脱下了钢盔
用没有眼睛的眼眶
凝望着沉阳

对我说
那就让我等待它爆发
在地平线外边的尽头

2017/6/16

笛声

一个幽灵
悲伤着自己的悲伤
整个世界
麻木着自己的麻木

寂寞中
幽灵奏起嘶哑的牧笛
探寻着
孤独到墓碑的距离

幻想着灵魂的暴动
推翻了麻木这个暴君
梦想着在笛声的旋律中
平静地拥吻死亡

时间的残影
如彗星的尾巴
在有限与无限中
整夜漫延着痛彻的笛声

2004/4/29

貂蝉

她有一双软滑
如绸缎般的腰身

她那双神秘的眼睛深处
隐藏着万种风情

她对爱情的忠贞
嘲笑着西施的机巧

在刀枪的世界里
肉欲如鲜血般在流淌

在英雄与狗熊的床上
她曾无声地歌唱
在因屠戮而扭曲的利刃上
她曾优雅地舞蹈

在历史
不可告人的黑色中
隐藏着一缕
玫瑰色的忧郁

她那两只灵动的长袖

伴着雪白的双脚
在月光下
仍然在忘情地
飞舞

如风
如雨
如泪

2012/11/8

貂蝉别语

仍然喜欢
方天画戟的无敌
也曾陶醉于
吹箫弄笛的悠长

如今却只崇拜
野风
纵横千里的呼啸和毁灭

在月下
在花旁
在诗卷边
在深闺浓重的寂寞里

2017/9/9

雕像的眼泪

为了虚拟的不朽
梦想被浓缩成一座
精美的雕像
海涛般的风雨声中
一颗苦痛的灵魂
在荆棘丛中诞生

世间的酸雨腥风
融蚀着彫像的线条
各种祈祷的冲突
震动着雕像的底座
人性的局限
交织着天性的错位

无垠的夜晚
浩荡的苍穹
没有人会听到
此时的雕像与星空
对话的内容

斯芬克斯的鼻腔已无法呼吸
雅典卫城里消失了神灵的踪迹
长城上面的烽火台

已不见守望的士兵
玛雅金字塔的祭坛不在有
人头的供奉

雕像的前提是苦难
雕像的结局是更加深重的苦难

因为希望
因为绝望
因为追求
因为失落
因为幻想
因为现实

也许
人性的本质总归要丢失
不懈地追寻只能使它
更加踪迹神秘

也许
神性的雕像带来的
只有更加沉重的叹息
雕像在无法释怀的疲惫中
也需要被拯救

也许
一切的归宿还是死亡
只有它的绝对才能在

绝对的孤独中盛开

也许
雕像的创造者也是
一座雕像
他们渴求的背影
像彗星一样浪际天穹
拖着长长的错落的影子

2003/2/25

冬夜的反叛

雪
是从乾坤的极限
飘落而下的
苍白的
血

万物肃穆
大地无垠
被覆盖着的世界
如同一座
安谧的坟场

血的殷红和热度
去了哪里

是淡漠得如此超然
还是被哲学的冷峻
挤到了诗歌中
冰冻了起来

一滴又一滴
一度又一度

一只疲惫的瘦虎
在雪夜
绝望地咆哮于
时间狰狞的裸脸

在洁白的雪地上
留下一串
孤独而漫长的血印

那是交织着的
雪和血的反叛

2016/12/6

冬雨

天上滴落的
不是雨
窗户上滑下的
不是泪
地上溅起的
不是被摔碎的玫瑰花瓣

是你唇齿间残存的
野性的味道
仍然弥漫在无边的冬夜

2017/3/18

短暂的蔚蓝

就这样无声地剪断
激情的脐带
就这样把心动默默地
留在海边

蔚蓝的海洋
在记忆中闪烁
天空中陨落着
缠绵的思绪

无奈地
给梦境穿上衣裳
无奈地
给渴望抹去浓妆

在遥远的深冬的落日中
流浪着蔚蓝的元素
在子夜的野火里
慢慢地演变成褐色

2003/1/11

断章

（一）

时光在旁观时
吸吮了我
太多的脑髓

也变得
沉默而忧伤

（二）

源于你的幸福
让我把它储蓄在
时间之外

（三）

夕阳的哭泣
如同暮霭中晚祷的钟声
每个音符
都是由心肌的碎片
炼成

2002/1/22

二十个世纪

透过
层层弥绕的烟圈
尽力望去——
原来只是
树木的年轮
又多了一层圆圈
就像一个
午夜
俏步的女郎
在固定的领地
重复着她固定的节拍

尘埃不变的价格
像从廉价的眼影中
抛出的媚眼
可能已忘记
嫁接过的高跟鞋
时时可以扭断
她的脚踝
或是她的腰

但是　对不起
我累了

不但早已戒烟
而且不愿在三流的剧院
接受二手烟的
熏陶

2002/1/23

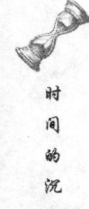

反抗的命题

铜板
是回报空洞灵魂妄想的纸钱

赤裸
是被浪费的生命骄傲的嫁衣

自我
是在暗夜里愤怒燃烧的反抗

时间
是被命运预定了的墓碑原料

2014/6/10

反抗者

时间
用锋利的刀锋
剜割着
残破不堪的心灵

痉挛着
蜷缩着
呻吟着
试图用双手
拉着两边的皮肉
弥合
被刨开了的胸膛

时间狞笑着
却不知
这个人的血其实早已
流干
汩汩流出的是
晦涩难懂的文字

这些文字
在大地上渗透着
钻入地心

汇入江海
爬上高山
化成风雨

一朵朵玫瑰
会娇艳地盛开
环绕着
高耸的灯塔
或者墓碑

2014/1/30

芳香

生命的芳香
被早熟的秋风
掠走了

青春
被狂暴地横扫
留下无法修复的瓦砾

激情
似干涸了的叹息
喘息着
被染黑了的无奈

是谁
在空洞的夜里还唱着
关于它们的歌

2012/6/1

飞花

曾经在你唇部盛开的
那些艳丽饱满的花瓣
早已在春风中
消散了

如愁
如怨
如梦
如诗

一壶清茶
几尊浊酒

坐看五彩的感伤
在回忆的风中
乱舞

平静地装饰着
陌生的路

2017/5/19

飞翔

就这样在夕阳的仓皇中
伫立
翘首以盼那场火灾的降临

燃烧之后
他会如灰烬般
在晚风中翻滚
他会像浓烟般
在日出
墨染的希望中飞翔

为的是遮去
曾经横流的泪的方向

2017/10/8

风

风
一定是恋爱了
它温柔地抚摸着
她的长发
从来不理会我的嫉妒

风
一定是醉了
它痴迷地缭绕着
书桌上的词句
整夜不肯入眠

风
一定是累了
它几天几夜地陪着我
将黑色的叹息
撒满天际

风
一定是怒了
它狠命地扇打着
流血的脸
像是在质问我
为何至今仍然保持沉默

2014/12/21

风的重量

凝视着你的视线
断了
通向心灵的桥梁
断了
最后吻别的意义
断了

夜未央
人无眠
月无影
诗无律

五月的春风
满载着
思念的枷锁
和无法融化的冰冻

2007/5/17

风空

一飒风
吹进了空屋
欲带来氧气

一只手
熄灭了风
关紧了窗

于是
只有虚空
没有风

风的使命
是来自空茫的嘲笑

风的悲伤
无关悲伤

2017/3/25

枫叶

红色不仅是血的颜色
它还是欲望的残尸
被抛弃在无名的山脊
化作枫叶
在秋风中无言地舞蹈
在每个收获的秋季

2017/5/1

蜂蜜

蜂蜜只有一种

被放入形状各异的瓶子
摆在不同超市的货架上
挂着不同的标签

于是就有很多品牌

2017/5/1

浮萍

两簇浮萍
需要告别吗

相逢是
风的错误

相悦是
月的误会

相拥却是
命运的定数

当风再起
谁知天涯

背过脸去
藏起浓浓的依恋

走进树影
藏起无助的不舍

在这冰封无限的
黄埔江畔

2010/3/4

腐烂的眼睛

腐烂的十字架
在黑暗中
已然绽发出
翠绿的新芽

但是没有人
看见
但是没有人
愿意看见

人们的眼睛
早已习惯于
欣赏彼此在黑暗中
放肆地腐烂

还伴着各种舞蹈

2016/4/19

复苏

醉于琼浆
更醉于怒放的娇羞

理性逃走了
填补的是恣意的芬芳

血液跳动着
似要冲破血管的局限
在无垠的海洋中畅游
从陡峭的瀑布跳下
触摸到生命的边缘
仍不停止

她来了
他醉了

时间
藏起了苍白的面容
记忆已是无谓的创伤
一丝似曾相识的绿意
悄然复苏了

次日傍晚

游动于熙攘的人群

蓦然间

发现自己变成了

一条醒过来的骄傲的鱼

                        1998/12/15　凌晨

高潮

春天的高潮
是转身后的严冬吗
在你没有回眸的那一瞬

花朵的高潮
是眼泪中的重生吗
在你没说永别的那一刻

思念的高潮
是为记忆的殉葬吗
在我们冰封千年的沉默中

2017/9/17

告风

他在风中
刻下那首无名诗
代他去探访那场
枯叶飞扬的深秋

让风去忏悔
即使烟雨从来无收
也要斩断红尘端由

让风去述说
即使温柔无法回流
也要记住曾经的忧愁

让风去提醒
即使忘却没有尽头
也要偶尔回眸

2017/12/8

给仓央嘉措

（一）

诗歌
能抹去
偏见

诗歌
能抛弃
形式

诗歌
能使人
珍惜

诗歌
能给人
信仰

诗歌
能给人
尊严
  情感的尊严
  美的尊严

  作为人
  所共有的尊严

（二）

诗歌

能如此地超越

时空的距离

陌生与遥远的雪原

因为诗歌

而变得可以攀登

可以拥抱

质朴的诗句

激起要去踏遍

荒芜的秃山的

无法排遣的冲动

深情的诗句

在高寒的雪莲之下

流淌着爱情

感伤的血迹

它们的纹路

所有为爱而殉葬的人

都懂

2014/6/15

姑娘跟我走

姑娘跟我走
我带你去一个
崭新的孤岛

那里有山有水
有真爱

那里无生无死
无时间

我仍然是那个亚当
你不再是那个夏娃

那里不再有
苹果和毒蛇

因为我已经替你
吃光了所有的苹果
引诱了所有的毒蛇

2016/10/31

孤独的定义

所谓的孤独
就是在旧书中
不经意间
翻到了你写给我的诗篇

在北方
飘雪的午夜

2014/6/10

孤独的人

（一）
是天外的独行者
寂寞地遥望着人寰

当吹奏起远古的牧笛
村屋与大厦
在惭愧中坍塌

（二）
是夕阳下不灭的彩虹
孤寂地残留在山川

当清冷的月影浮动
虚无是凝视的眼神

（三）
是一枝飞向天穹的利箭
发射人神秘地不露痕迹

当利箭在呼啸声中前行
时空尽现亘古的无为

1999/7/12

孤独的战旗

在绝对的孤独中
万籁俱寂
浓黑如墨

有一双不屈的眼
戴着从容的笑意
在夜的深处闪烁

一个残破的旗帜
在层叠的迷雾中飘扬

那是孤独者
插在时间末端的
反抗的战旗

2011/2/3 除夕夜零时

惯性
——致 K.M 及一切假冒者

习惯了生存
就像习惯了脑死亡
面对每天射入窗棂的晨光
不会寻问
眼睛为什么会睁开
时光的面积还剩多少

好像是个弱智的侏儒
永远不会长大
也不曾意识到
在残破的肢体中
生存是件多么奇异的骗局

直到某天
阳光不再升起
闭上一对空茫的双眼
不知晓中
造物主的又一件次品
就这样荒谬而轻易地
终结

2002/12/2

归乡的路

当太阳伴着朝露升起
存在像风一样
消失在空气里
无影可踪

当夜幕波动着降临
无根缘的孤独
烧焦了肉体的苦痛
无痕可辨

当生命盲从地降临
重复着黑色的虚无
在感知中挣扎着
是一个无奈的囚徒

当爱情在心动中飘落
柔情的微笑凝固在
无助的寂寞中
似远古的一块化石

当死亡折断阳光的翅膀
含着眼泪踏上
归乡的路

怀念是
唯一的行囊

2006/1/13

海子祭

痛苦的海子走了
不是海子的人们
仍然快乐地活着

谁的大海
不再有窗户

谁的春天
没有被带走

谁的花朵
在春暖时
仍然准时地开放

2013/3/27

黑玫瑰

夏天的夜晚
总有一朵幽艳的玫瑰
在梦中摇曳

在波西米亚迷离的
时光倒影之下
萨克斯忧郁的缠绵
浪迹于
子夜优雅的余韵

霓虹灯鬼魅的醉眼
追逐着
高跟鞋憔悴的回响

鸡尾酒多彩的温柔
绽开在
迷离眼影的变幻中

花瓣的琼瑶
随着褐色的激情
悲怆地滴落

滴落到这场
黑色的不期而遇之中

2002/12/2

黑色的花

黑色的花
像是圣徒严肃的脸
在盛开着
死亡芬芳的夏夜中
孤独地凋谢

一阵被禁锢的风
在没有落日的傍晚
愤怒地吹过
向远方的期待
做最后的告别

黑色的花
带着烈士平静的嘱托
在月影深处
骄傲地盛开

被时间的沉沙
掩埋的裸脸
一次次睁开
血色的不甘的
充满反抗意志的双眼

2017/5/12

鸿门宴

生命
是时间
摆下的一场鸿门宴

我赴宴
我赤条条地赴宴
不带一兵一卒
也不带走一片云彩

2017/12/7

胡雪岩

偷窃了慈禧的银子
付出了头颅的成本
一笔最公平的买卖

自己弃尸荒野
与田鼠同墓
一生最精明的算计

2009/4/2

花　欲望

曾经看见美
在被定义时
她是有颜色的

同花一样
褐色是夜晚的归宿

花在凋谢时
忘记了带走
初开的自我

或许没有
初开的自我

被毁灭的温存
被流产的激情
被践踏的花汁

赤裸已经
没有什么可以再赤裸

只是不知
为何还要
对月独舞

2004/4/13

花瓣的轮回

一个渴望的微笑
挂满诡媚的风情
在黑夜里
对着我裸露的背
盛开

我用发黄的报纸
把微笑包起
摆放在伦敦五月花酒店套房的
写字台上
报纸的头条是戴安娜
巴黎车祸的消息

如今　我在上海
不停地向一朵
盛开着的褐色的玫瑰
发着绝望的求救的
手机短信

那个微笑的花瓣
随着每个发出的符号
凋谢一片
飘落的声音肢解着时空的

维度

她回复的短信
挂着诡媚
如深冬的暴风雪般
再次
赤裸了我大汗淋漓的背

回首间
我发现那个
被遗忘在伦敦的微笑
仍放在酒店的写字台上
包裹它的报纸的头条
仍在争论着
戴安娜的死因
恰如一切的因果
难有定论

2007/1/10

花开无声

花开是为了何人
花蕊从不向风提及

花露在晨曦中垂垂欲滴
相思摇曳在日暮的雾里

千言万语汇成江河
倾诉在远方的沉默里

花谢了真好
不用再担心一霎春风
会在某个细雨的黄昏
带走任性的你

2017/9/24

花冢

花儿爆裂的声音
震破了耳鼓

飞溅的花瓣
像焰火
装饰着绝望
无泪的告别

破碎的花瓣
坠入心底的幽谷
像虚空一样轻盈
像铅块一般沉重

花的尸体
已然堆积成冢
陷入黑暗的沉默
融入惨白的忘却

却没有湮灭

一缕风浮动
吹来花的呓语

要在诗的葬礼中
迎来时间的再生

2016/4/22

画卷

滴着娇露的温柔
盛开的花瓣的妩媚
如风若雾的迷离
掩映在
明眸流转的乐曲中

她的美丽
在清晨的一瞬间
不经意地凝固在
一张永恒的画卷里

2002/8/1

灰烬入风

沉默的悲伤
连同无尽的守候
被瞬间的释然
碾压成灰烬
融入到风里
飘走了

在某个冬夜的月下
一个人赤裸着身体
伫立在峰顶
展开双臂
在风雪的狂飙中呐喊着

寒峭入骨
却如沐春风

2017/7/30　于北京

回响

她曾来看过我
看过我痴迷于封闭的梦中
酣睡不醒

莲花般远去的
开放的脚步声
把我惊醒
我听到那漫长的回响
被浓雾淹没在夜的尽头

我凝望着夜的尽头
那里总有满天星斗
却永不回眸

2017/6/6

火炬

某人从容地
擦亮一只火柴
照亮了一个空旷的房间
点燃了一只冰雪做的雪茄
孤独的侧影映在墙面
是冷的雪茄

他
点亮一把火炬
照亮了远方的晦暗
点燃了劫后死寂的灰烬
寂寞的吊影刻在星空
是泪的灰烬

一飐风吹来
火柴灭了
烟灰飞走了

一阵台风袭来
火炬熄了
灰烬飘走了

他播种的光

凝固在时间深处
拒绝隐退

一把固执的火炬

2013/8/23

或有意义

如果已厌弃挣扎的悲壮
而仍要强求永恒
虚无是唯一的可能

如果已拒绝一切假象
而仍要苦寻未来
忘掉自我是唯一的路途

时间与生命的重叠
是偶然的讽刺
也是误会

刻骨的十字架
却是真实而沉重
背负在身
重现记忆
就是脆弱生命的意义

非他的
无辜的

2007/9/6

即将死去的人

一个人
忧伤地望着星空中
折射着的自己的倒影
就像凝望
看不透的黑色的迷局

他
独自撑着
没有时间龙骨的灵魂
袒露着
被失火的绝望烧焦的自尊

被孤独濡润的绿色的
大脑标本
如花环般
挂在他直挺的脖子上

他
在虚无刺骨的冽风中
伴着月亮的哭泣声
与酒神独自跳舞

他

伤心的次数太多
终于有些
累了

有人说
这种伤心的别名叫做
死亡

在他安眠的床榻上
泪的诗章
血的图腾
都刻写于一块
铺着块似曾相识的
裹尸布

2003/1/19

记忆辩证法

记忆
是被时间
披枷带锁的重囚

镣铐太紧了
以至于悲伤
长出了翅膀

禁锢太久了
以至于苦痛
孕育出自由

物极必反
以至于灵魂
发出了反抗的怒吼

两极相通
以至于生命
变成了永久传唱的歌

2014/6/12

祭

孤独是失陷的城堡
绝望被流放
裸露在沙漠
无数腐烂的目光
慌张地聚焦

阳光成为罪恶
诗人变成诅咒
沉默铸成化石
孤独是天鹅的挽歌

太阳仍在失火
时间仍在肆虐
一组基因
苟且地清醒着
动脉中流动的问号
在静脉中凝结成无数个零

没有诞生
当然没有死亡
为了这被称作生命的
无缘由的际遇
为了无数次被歼灭的绝望

再祭奠
又一次失陷的孤独

2000/11/04

假如生命

假如生命
还有最后一天
他会将灵魂中
残留的弹片
熔铸成一把刻椎

在墓碑上
刻上一个
新的逗号

而把逗号后面的故事
留给后人去填写

2004/10/9

剑桥的葬礼

在剑桥迤逦的雨巷
我炫耀过
无敌的青春
当天启在嘴角略过
却在心底将
对历史的盟誓
埋葬在剑河底的
青草之下

十年后在香港
我手托着布满胡须的腮
凝望着霓虹灯下的
维多利亚湾
臂弯顺从的物欲代言人
喋喋私语时
激烈地回忆着
那次葬礼

却发现激情尤在
却发现承诺尤在

月光为证
我的心仍在随着

那棵水草轻轻摇摆
仍在为历史的源头
祈祷

此时又要进行葬礼
埋葬的是不堪回首的
流浪生涯
只是这次
时间已不再给我
浪漫的消费买单

只是这次
陪葬的是浮华的虚伪
和
维多利亚湾的波涛反射的
恼人的目光

而另一个葬礼
得到解除

生命
从剑河的水草中
挣脱了羁绊
它张开双臂　无忌地盛开着
向我跑来

2005/2/25

江湖

我已退出了江湖
转身跳进了深海

据说深海
能把欲望和恐惧
埋葬得更深

2017/11/29

荆轲祭

刺杀秦王
未遂
却成就了编年史

刺杀历史
遂与未遂
却不在乎能否成就
属于自己的历史

2005/1/22

静的交响乐

最绚丽的交响乐
是无限的沉寂

每刻的沉默
都是跃动的音符

每次欲言又止
都是隐逸的实在

沉寂累积着
直到彼岸
直到无限

冬夜无垠的雪花里
漂浮着
延伸着
绚丽着
我的交响乐

2017/1/22

静谧

宇宙间
弥漫着异样的静谧

静谧里
孕育着独行者的呐喊

静谧里
隐藏着通向未来的路

静谧里
预谋着对时间的反叛

在那些
没有尽头的冬夜

2016/10/2

镜中影

在镜中
看见双眼的深处
如一座废墟
冒着盘旋的黑烟

黑烟中
隐约有一张面孔

那是看不见的
自己

可是
不管是否无望
都不想漏掉
每个细节的精致

那个
在废墟的烽烟中
缥缈着的
还没现身
便已远去的背影

2017/2/21

镜子中的自己

清晨
对着镜子
剃须

镜子好奇地问
在夜晚
你为何从不戴面具
是因为面孔英俊吗
我说
世界于我不是舞台
镜子问
那是什么
将会是战场
血污飞溅不需要面具
后来会是一本自传
我答

然后
去公司上班
每天工作十几个小时
帮助企业上市重组

我羞愧

为了五斗米而戴着面具

晚上
又照镜
试图洗去一天的尘埃

镜子直率地望着我
我对它说
我怯懦
因此躲藏在镜子的目光下
我悲伤
为了面具下
那些流逝的时光
镜子答
其实你可以不时地通过我
看看你自己
我是宿命中的平衡
因为那本书需要自省
需要桥梁

       2001/5/23

酒后的诗意

他一直在星空中
寻找那把钥匙

时间的双手
从背后
扼住了喉咙
把他拖到忘川
无底的深渊之下

乘着圣心的酒杯
不经意地从桌上
滚落
摔得粉碎
溅了黄昏的天空
一身绛色的血浆

一飒晚风
吹落最后的花瓣
传来自由的芬芳

同样是淹死
还是在酒中的挣扎
更有诗意

2017/4/23

绝对的火柴

黑暗中　不知是谁
划亮了一枝火柴
点燃了地球
照亮了宇宙的一角

广袤的冷漠
无意戳穿时间的虚构
无际的延展
无意祭典意义的追溯

浩瀚的沉默
戕杀了所有的必要性
实际的或想象的
你的或我的

人类的嘶鸣
是旋涡中听不到的噪音

虚无比死亡更加赤裸
只是并不介意被拙劣地包装
呼吸是个不幸的事故
只是发生的频率过高

鱼是水的源泉
蓝色的地球在这样鸣叫

风
吹熄了火柴
空间飘走了
同那缕青烟
黑暗中时间丢失了归宿
失落了一种虚幻的意志

日出是
宇宙烧烤后的余裒
嘶鸣的万物
仍然不懂得沉默

在这绝对的一刻
闪过一个咳嗽着的背影
或许只是残存的欲望
或许只是某种疲惫

2000/12/16

绝望后的境界

阳光折断了羽翼
玫瑰凋谢了芬芳
大海凝固了波涛
火焰失去了光热

绝望是主宰
它阉割了宇宙的意义

阉割之后
一种静谧在无限地延伸

再然后
人又是什么
一个声音在悄悄地问

瞧
雪茄的烟灰
在幽默地
坏笑

2003/8/14

空窗

沉梦中
一扇窗户打开了
探进头去
空空如也

她不在
她不再

却不是梦

2014/12/16

哭泣

（一）
十字架上滴落的血迹
打在你的面颊之上
凝固成泪滴

含泪
不为苦痛的经历
只为血色的理想

（二）
已没有眼泪
只有沉默和宁静

有时也会
笑

2005/3/16

苦难的前提

死亡来自宿命的无意义
而不是死亡本身

2004/11/23

兰花

初春的某一刻
窗台上的兰花
以粉艳华贵的姿态
骤然盛开了

似来自深渊的信物
骄傲地迈过了
又一个里程碑

在无助而无奈的
期盼与失望的交织中

又一个冬季
记住了
无奈的虔诚

又一个冬季
折射着
扭曲的倒影

又一个冬季
开放在
欲望的虚拟里

又一个冬季
喘息在
灵魂的灰烬中

在苟活了
又一个冬季之后
兰花知道
最猛烈的盛开
总与春天无关

2017/4/5

蓝色的血

蓝色的血
顺着他的头发和指尖
滴落
一滴　一滴
又一滴

润湿了十字架下面
枯裂的土地
一片　一片
又一片

血流干了
使命完成了

当又一个春天到来时
被血浸润过的土地上
真的会有蓝色的花
开放吗

2009/12/20

冷

苍白的月光
射入小窗
满墙映着
被冥想压弯了的
灰色的背影

从铅般凝重的沉默中
传来一个渺远的声音
问道
墙上的背影
是那个曾经
写在墙上的血色的预言吗

一个褐色的烛光
瞪着醉酒的眼睛
要把越来越弯的倒影
扶直
却不小心打翻了
酒杯

一只瑟瑟的冬鸟
在窗外的枯枝上
打颤

听到酒杯碎裂的响声
煽动着瘦弱的翅膀
骤然飞走了

月光中留下了
被生锈的欲望
划过的痕迹

哭一般的冬风
已经把迟到的雪
吹得没有了
方向

2017/12/5

梨花无语

冬去
春来
又一番疲惫的愁绪

走在梨花盛开的树下
嗅着淡雅的清香
约会着
穿着白色连衣裙的
曾经的你

喉咙中哽咽着
未及说出的话语
柔风复习着
没有机会实现的誓言
鸟儿啼鸣着
没有续集的诗句

在褐色中
戴着脚镣舞蹈着的晦涩
不知在何处埋葬
那些没有归宿的温柔

或许

黄昏后只有遗忘
或许
沉默中依然想念

2014/9/5

理由

被赋予生命的是
我
可我找不到
属于自己的理由

这颗不停跳动着的心脏
这两条不停奔波的残腿
为什么会是
我的

2007/5/10

历史的画卷

火车飞驰在冬日傍晚的田野

一个在旷野中劳作的老人的
弯曲的身躯突然闯入眼帘
他双手紧握这一把陈旧的锄头
用力挖掘着坚硬的带冰碴的土地
他专心致志于自己的工作
并不理会身边的一切

火车呼啸着掠过
老者的身影像来时一样迅速地
闪出眼帘

在古往今来亿万个生命之间
一个生命对另一个生命的窥视
就这样迅速展开　又迅速闪过

都作为一粒粒尘埃
义无反顾地奔入
死亡和虚无的未知数中

2002/12/31　于巴黎通往罗马的列车上

炼狱的坐标

孤独践踏着呼吸
时光凌迟着生命
在烈焰的最底层
滴血的脚印
画出炼狱的坐标

在子宫里的探究
是最后的思考
天真的眼色
掺杂着迷惘
似乎已预见到不祥

自由是另一种奴役
忘却是某种罪恶
在没有航标的海上
存在与毁灭
又有何种不同

灵魂早已失去痛苦的感觉
美丽的麻醉时常会失效
自己在时光中的倒影
同失去呼吸的孤独
令人诧异地相似

已无力报怨
已无力呻吟
更无权选择
就像多年前的第一声啼哭
无助地宣告了
生命旅程的结局

2001/9/20

烈火

你眼中无遮的野性
呼唤着远古沉睡的烈火
你唇间不经意盛开的玫瑰
融断了所有绳索的扣结
你双足跃动的旋律
卷走了生命中倦怠的惯性

不敢想象
那些不属于我的子夜
在燃烧成灰烬之后
被你纤长而白玉般的葱指
轻轻地抛出
月光盈溢的窗外

2017/7/27　于满洲里

另一种温柔

六月的晚风
抚摸着
玫瑰花瓣上的露珠
忧伤
如梦一般温柔
在时间彼岸的纯粹里

挥一只云中的手
抚摸着
伤痕累累的灵魂
安详
如梦一般温柔

2016/11/12

流浪的瞳仁

紫色的鲁莽撞碎了花蕊
被肢解的哭声
在褐色的湖里无助地盘旋
再次向一个身首异处的名字
低声诉说离别

遗失了瞳仁的骏马在驰骋
穿着黑衣的鬼魂们
编织成玫瑰的阵形
像波浪一样舞动
呼唤着一个没有姓氏的乞儿

在残缺的盛宴中
谁是忘乎所以的主人
在被咀嚼过的歌声中
谁是受宠若惊的受媚者
醉意中被浸成紫色

有谁被流浪的瞳仁凝视
慌张地推开窗
为血液中流失不尽的迷茫
生平第一次认真地祈祷

流星划破夜空
只是一声沉闷的叹息

2004/9/20

留白

相爱
不能相知
是缘分的极限

想念
不能相见
留下带不走的影子

蚀骨
却无法悲伤
为了无力填补的留白

2017/2/9

六月冰川

六月的思念
似古冰川的世纪
在心头
在远方
在呼吸的分秒
在石化了的古代

温柔
一滴一滴地飘落
似血凝结在
冰封的心田

默默无语间
回眸望去
希望已然浸成
血的黑色

多少次离别的轻吻
和不舍的眼神
将心一次次地
抛入刺骨的冰川

赤裸着胸膛

在冰川中
迎着风雪的肆虐
体味着对温暖的期待

不求因果的思念
正是六月冰川
拒绝融化的坚守

2000/6/28

镂空

（一）
等待
终于镂空了春光

无关冷漠
却只无奈

（二）
只能让方式
去谋杀本质

有关时尚
也因蒙昧

2017/4/25　于香港

路口

挣扎于来时的
崎岖而荆棘满地的路
一瘸一拐地
来到了十字路口

自己的十字架
历史的十字架

要迈向前方的路
命运却托着残腿
走向了
另一条路

其实每个方向
都是血肉模糊的不归路

2017/10/22

露水

晶莹的露水
如果真是晶莹
你来自何方

消散之后
如果真是消散
你会去哪里

2005/3/1

露西归来

春夜

露西
轻盈地走在
由梦编织的
柔风里

似乎在述说
时间
也会温柔地
回眸

2013/1/1

论下午不能喝酒

除了不想喝
下午不能喝酒
没有任何哲学基础

恰如人生中的任何决定

一碟花生米
半斤二锅头

在戏谑的天空里
恣意地翱翔
打破万有引力
和一切逻辑

时间很短
却是男人偷生
侥幸残存的角落

2016/7/12

马勒的夜

蓝色是裸露的呐喊
褐色是倾泻的渴望
金色是不眠的书灯
灰色是隐秘的风语

命运所有的悲伤
是黑色
要自己扛

2015/12/7

没上锁的故乡

黑夜涂上褐色的唇膏
音乐带上鬼魅的面具
霓虹灯袒露着诱惑的胸脯
贪婪地对着镜子诡笑

被冰川封盖过的
一串小小的脚印
醉酒间　复活了
在紫雾中忘情地狂舞

将疲惫的欲望
浸泡在蓝色的干邑中
将过去的自我
再次拉到刑场

呕吐间
忘却中
行刑时
是否感觉到
一缕轻风　刚刚吹过
没上锁的故乡

2002/12/3

美

所有的花
都美

从十字架上
滴落的
最后一滴鲜血
溅起的
那朵花
最美

2014/12/30

美人

她是著名的美人
有权游戏一切

纵容她的放纵和践踏
是他不变的原则

2017/11/24

蒙娜丽莎的微笑

当目光绞缠
确有风云际会般的默契

那种失望后的坦然
那种无奈的淡淡苦笑
那种放眼远方的从容
那种傲然的优雅

当时间的炼狱
把魂肉焚烧成灰烬
何曾有两粒尘埃
侥幸地逃脱

他们是否也会
超越时空相遇
恰如这次
透过玻璃护屏的邂逅

2009/8/14　于巴黎卢浮宫

梦的终极

粉红色的轻吻
是种莫名的柔软
在无限地延伸着
没有方向和尽头

誓要君临天地的淬火
执着地伸展着
疲惫的欲望

你水波般地扭动肢体
绽放出的五彩花蕾
娇嫩得像初恋的第一次春潮

一个声音在缠绵地呻吟
声波淹没了空洞的距离
乌黑的浓发似着火的森林
火焰凝固在
你迷离的眼影的一角

褐色舞动着
优雅地　急切地
升腾着
缓缓降落时

迷失了预谋的目标

在无底的饥渴的迷宫里面
各色怅惘
不停地变幻着节奏

透过惺忪的睡意
月亮透过小窗
发现一对美丽的眼眸
闪着黑暗的光

一个有翅膀的天使
保护着兰花的倒影
在午夜的静谧里
继续灿烂地绽放

2003/1/5

梦境

他的尸体
在海风的吹拂下
被一粒粒地肢解
直到变成沙砾
覆盖了整个海滩

一个女人
被海浪冲上了海岸
她挣扎着
喘息着
说
我爱你
我用整个生命爱着你

他试图拥抱她
当他们的双唇相碰
她在瞬间化为沙砾

一阵风吹来
他们被吹入了大海
如同坠入了不见底的深渊

在加速度的跌落中

她对他说

我是你的血液

我是你的宿命

2015/10/31

梦影

在孤独的花园
不需要花粉
玷污
劫后的纯洁

不需要蝴蝶
追逐
有毒的芳香

透过窗帘的月影
看到
维纳斯丢失的手臂
在抚摸一碟发黄的灯灰

那是孤独
难舍的梦影

2010/5/4

莫斯科秋夜

午夜沉重的喘息
交互呼出大理石雕塑
残缺的片段

高跟鞋上的双腿
游动在
伏特加醉眼的朦胧中

瞌睡的霓虹灯
不肯放开你
曾在炙热的胸膛中
燃烧过的温柔的手

殉葬的凝视
揉乱的忧愁
散落脚边
却似一堆堆心绪的碎片

被你残忍地抛弃的思念
如同埋葬掉的一首诗
化成锈迹斑斑的骷髅
不舍地微笑

寻着她风一般的轨迹

考古般地挖掘

找到的却是

没有告别的背影

发皱的梧桐叶

如无助的叹息

在晚风中流浪

翻转在一个个岔路口

被缠绵地吹起

飞向秋夜

深邃的远方

不再回眸

2000/10/15 于莫斯科

某种冬夜

他有着
怎样的冬夜

望远的激情
洞穿了
宿命黑色的虚空

如礼花般
绚烂

他有着
怎样的冬夜

疲惫的书灯
燃烧着
宿命黑色的焦虑

如雪花般
翩翩

他有着
怎样的冬夜

凝固的渴望
疲惫地
眨着失眠的眼

如星光般
执着

2017/2/17

某种醉

其实他早已知道
你爱的那个他
不是他

任何潇洒的理由
都无法躲避
那种濒死的凝重

刻在时间坐标上的浪漫
是午夜的烟灰
吹散它的是他
使命般的愁绪

他爱的午夜
是你春天的片段
红裙的一角
是被遗忘抹去的三月的红唇
它的葬礼
他和你已在无数个春晓
体味

今晚的相聚
只为黎明分别的祭祀

你灰色的渴望若没有洞穿
太阳的心脏
子夜的褐色
便只能苟同于古往今来的粉红

没有些许神秘

手机中求救的短信
会变成绝望的碎片
埋葬在你
求变的快感中
越来越黑

他却仍然觉得
任何潇洒的理由
都无法躲避
那种濒死的凝重

2007/7/3

目光

一束冰冷的目光
来自命数的深情

透过黑暗的云层
将他死死地
钉在十字架上

如利剑般锋利
如冬夜般寒冷
如凝铸般牢固

他不想辩解
无力反抗
也不屑呼吸

他只是任凭黑色的血
汩汩滴落在大地
他只是在等待
血滴能画出怎样的图腾

以便作为伤口
回报给那束
穿透云端的
冰冷的命数的目光

2017/2/18

牧笛
——夜读奥维德随想

梦粉碎的声音
却奏成悦耳的旋律
就像古罗马时的
游牧诗人伴着斜阳
吹奏的乡村牧笛

星星随着牧笛的节拍
优雅地舞蹈
星光编织成
花环状的绞索

宽容的死神
幽怨灵魂的归宿
请让乐曲奏完
再用这花环
结束时光中寂寞的
一切

2002/6/17

那个目光

那个目光
不要再如闪电般
撕破子夜的静谧

那个目光
不要再如秋风般
吹来遍地的花落

那个目光
不要再如火石般
击起爱情的烈焰

那个目光
不要再如轰雷般
毁灭万物的秩序

闭上双眼
让冷冷的月光
紧锁住记忆墓地的大门

闭上双眼
让夜风温柔的手
抚摸心灵的寂寞和安详

2016/11/19

你的歌声

我听见了
冰冻的心灵
被融化的声音

柔美的水流源自
普罗旺斯葡萄庄园里的蓝色小溪
来自在月亮河中流淌着的
你的牵挂
你的哀愁

流淌进被感动的心灵
融化着的
我的牵挂
我的哀愁

2002/12/23

你让我想起

你让我想起
一个秋季
滴血的枫叶
扭曲的尊严
沉默的宣言

忘记了道别中
说了些什么
是明天的葬礼
还是昨天的重生

仍记得
不变的结局——
夕照中已自戕的希望
最后一晚沉醉不醒的渴望

过往的节奏已然模糊
白绫的绞索
是否仍那么寂寞地
在西风中摇曳

牧笛是为谁吹奏
整个山谷都弥漫着

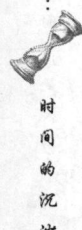

这挥之不去的缠绵

多少年轮之后
记忆的尘埃又无情地泛起
让我想起曾经的
毁灭中挣扎着的逃避和
被逃避掩盖了的毁灭的灰烬

而这次又由谁
再将灰烬无言地掩埋

2004/8/22

你是谁

过去的　现在的　未来的
活着的　死去的
都不是你自己

真正的自己
诞生于
反抗之后

2017/9/3

疲倦

思想的重量
压弯了灵魂的脊背
欲望的超越
撕裂了生命的有限

每个神经细胞
都滴着碳焦了的
血的疲倦和泪的哀伤

哪道月光
能柔情似水

哪飒春风
能轻卷涟漪

哪阕新词
能慰藉心意

2017/4/25

祈求

我欠下的
应该都用无尽的孤独
还了

如果无法还清
还有死亡
你的名字
会在墓碑上
以某种方式
显现

这是我所能承诺的
所有的
偿债
方法了

神性和人性
是否有一种优雅和崇高
不再去打扰我
青灯下的哲学
夕阳中的诗
月下的词

2014/8/4

迁移

失联好久
蓦然发现
她早已搬家了

从天国
百花盛开的圣坛
搬去了
远古地冻天寒的洞穴

曾经的贡品
作为一个个路标
插在了她
迁移的路上

2014/7/25

前行中的祷告

世界在精准地前行
分秒不差
宛如精密的机器
没有目的　没有目的地
也不要去问

炼狱是个美丽的归宿
如果它确是某种家园

虔诚地寻求赐福：
不要抬头　不要回望
忠实地担任一粒尘埃
混杂在古往今来的人潮中
激烈而热切地前行
宛如精密的机器
分秒也不要差

2005/6/5

浅秋

默默地倚在
夜雨初霁的窗前
抚摸着烟斗
低沉的浓烈
任凭孤独轻吻
滴雨不停的心绪

见证月光的忧郁
将梧桐的影子割成两半
一半在娉婷
一半在啜泣

聆听花瓣凋落
隐秘而欢愉的呻吟
悄悄地融入
不肯入眠的小夜曲

感伤着思念
被不舍细密地刻画
珍惜着眷恋
被年轮层层地堆积

又一个不期而遇的浅秋

用烟雾升腾着的神秘曲线
悄悄地套住了
不愿再呐喊的疲惫的咽喉

2017/8/21

轻吻

夕阳
是如此娇羞缱绻
如初放的玫瑰

是在替时间的血腥
向沉落的人性
送上永诀的轻吻吗

2017/5/28

轻烟

她炫耀形式的多彩
他固守本质的贫瘠

他不会与她对抗

因为一切
只是
一缕轻烟

她追逐浪花的高度
他走向命定的墓碑

他仍会对她微笑

因为一切
只是
一缕轻烟

她放纵感官的暴虐
他服从理智的徒刑

他道别她飘去的云影

因为一切
只是
一缕轻烟

2016/11/26

倾听

安静
懵懂的人性

安静
受挫的欲望

安静
虚空的银河

仔细倾听
愤怒的冬风
彻夜不停地呐喊

仔细倾听
愤怒的冬风
对希望最后的鞭挞

仔细倾听
愤怒的冬风
对时间决然的反抗

2017/9/14

秋歌

那首洁白无瑕的歌
乘着萧瑟的风
越过无数春秋的山河
缓缓地从远古飘来

那是
叫做青春的幽灵

在黑暗中睁大眼睛
也摆脱不掉
眼泪发酵的味道

麻木久了
已经不知
今晚阳光陨落的轨迹
是否还有
曾经宿醉中的
无悔和无奈

2004/11/2

秋暮

最是那抹
仲秋的余晖
似她回眸眷眷的浅笑
凝结在这寂静的山峦

那是
渐远的青春
不时渗透的底色

沉思的微风
幽冥中传达着一个
来自久往的信息

那抹娇羞
是未沉落的思念
是最固执的情怀

2008/10/10

人形的爬虫

年轮的匆忙
埋葬了真理的阳光
扼杀了自我的真实
也造就了一个
人形的爬虫

它蜷伏在地上
怯懦地颤抖着

时间像只闪亮的军靴
牢牢地踩踏着它的脖子
微弱的呻吟声
糅杂着泥土

当新年的钟声响起
这个人形的爬虫
又在迎接一个新的年轮的
到来

2005—2006 年之交

日出的悖谬

奇怪　太阳再次升起
在海上

生命的内涵
不是已经
在漆黑的子夜
化作化石
滚进时间的垃圾堆了吗

腐烂的花瓣
不是已经定义了
爱情的本质吗

沉默的尊严
不是已经无数次
被虚伪强奸
诞下叫欢乐的钝儿了吗

欲望的重量
不是已经将
生命的小船
沉到海底了吗

为什么　这么奇怪
太阳会再次升起
在海上

2006/3/30

日出的挽歌

太阳凝滞地

袒露裸脸

因一丝歉意而

面色绯红

它创造的各种假象

刻在人们的脸上

心灵的葬礼是他们

欢笑中的挽歌

毗邻着无边的黑暗

死亡自测着重量

忧郁是美丽的

其实也是徒然

日出的挽歌

无法减缓

黑暗中的灵魂

孤独地跌落

加速度中

一个声音在悄悄地

告诉我

再重的形式

都会在失重中完结

2003/4/23

日落时

日落时
她依偎在我的怀里

雾起时
她缱绻在我的怀里

月困时
她娇睡在我的怀里

花园里的芬芳
总有令人忘情的魔力
不管已经沉醉过
有多少次

有多少次
感觉这里就是
自己选择的归宿

有多少次
感觉就要被埋葬在
这温柔的蜜意里

日落时

她依偎在我的梦里

雾起时
她缱绻在我的梦里

月困时
她娇睡在我的梦里

置身湖空山静
满眼落花遍地
聆听归鸟梁鸣
体味尘缘变幻

只是
在午夜的咖啡里
找不到
回眸的笑意

只是
在旧照片的焦黄里
找不到
背影的踪迹

只是
在梦中的亲吻里
找不到
为自己挖掘的
曾经的墓地

2014/6/23

如果

事实上
世界每个脆弱的呼吸
都充满着如果

事实上
忙乱的世界里
仅有一种因果

事实上
黑色的如果正是
白色的因果

而我的爱
却依然没有如是般的
如果

2006/10/10

若无

一串脚印
穿过了喧闹的墓地
消失了

一轮波浪
追上了沙滩上的徘徊
不见了

一只鸟
突破了声障的壁垒
沉寂了

一个生命
在深渊尽处的叹息
也被风
带走了

世界中的一切只是
若有若无

2017/5/29

三月三日

多想变成
一首你最爱的情诗
收藏在你一生
美丽的诗集里
那一页永不被翻过

即使天边
已传来晚钟的呼唤

2005/3/3

上海的意义

当激动的潮水
载着纯粹的欢愉
不停地冲击着
心灵堤畔的时候
一个人知道——

真我终于降临了
奴隶终于解放了

新鲜干净的朝阳
将穿过
残月的寂寞
和浓郁的黑夜
从东方腾起

生命
诞生于意义的子宫
孤独
是光荣必经的险径
纯粹
是一首圣诞的颂歌

2005/1/19

涉渡者

他能涉过苦难的河流
河面上或平静或湍急
脚底却已被锐石
割得血流如注

能力是毁灭者
如台风般夹着痛苦
能力是雕刻家
如春风般洋溢着爱

把更多锐石
抛入河底
让他一次次地淌过
看他能否独自抵达
那烟雨迷蒙的
未知的
时间的彼岸

2017/9/5

呻吟

疲惫的残躯
在子夜
忧伤地拥抱着
这份冬风送来的
无助的浪漫

被精致地包装了的比喻
如过期的漆片
一件件地剥落

赤裸的本质
像告别的眼神
哀伤如深秋的花瓣
无悔地
撒满一地

恐惧逐渐褪色
只有那殷红的伤口
本色地　倔强地
书写着形状怪异的符号

是谁盗走了光
是谁播撒了

原始的欲望

是谁在黑夜的深渊里
隐秘地呻吟

是谁
寂寞地
无声地
痛苦地
独自细数
这些天宇的呻吟

2003/7/22

神圣的眼神

造物主
用闪亮的眼神望着我
世间的神圣
都凝聚在这眼神中

但我仍然怕光
于是用懦夫的锁链
锁住红色的舌头
头发却很快变得雪白

鸟儿依旧伴着晨曦鸣啾
活泼的蔚蓝依旧在夜晚
娇嫩地盛开
一次又一次
但我听不见
也看不见

我将信仰灌醉
再用一种陌生的文字
给它重新化妆
仍担心它
不经意的一声醉语
打乱子夜的晚会

从而忘记该用怎样的微笑
回复那望着我的
神圣的眼神

仓皇而忐忑
这就是一个灵魂的写照
在过去的五千年

2003/2/10

生命

死亡通向湮灭的路途
决定着
生命的价值

当时间与生命
仍然重合
要艰难而认真地走

因为
反抗的过程
一直延续到
湮灭的门口

2017/12/1

圣西门墓志铭

你的名字
是圣字的唯一一次
正确的应用

为了人类
牺牲自己的所有的人
都是新基督[1]

人类发明了悲剧
是为了同你悲伤的灵魂
一起哭泣

2012/7/2

---

1 《新基督教》是圣西门的遗作。圣西门自杀未遂,而且他的左眼却被打瞎了。在极度的疾病的折磨和贫穷的困扰之下,圣西门仍然完成了这部他最具有代表性的著作。之后不久,他便去世了。圣西门虽然是个贵族,从他查理曼大帝的祖先继承了伯爵的爵位,但是他却放弃了显赫的社会地位和财富,为了拯救陷入了迷途的世界而思考和写作。

剩梦

却仍然剩下了
梦

一只洁白的
鹤
在孤独地盘旋着
也高
也低

时间也累了

把泪水委托给夕阳
向自己
做缠绵的告别

鹤
栖落在山顶
枯竭的松枝下
有刘伶
在饮酒

酒坛边摆好了
他的棺材

埋藏在云里深处
那个黑色的棺椁
属于谁

2010/5/3

失败的命数

命数
只有一个固定的答案

失败
是时光单维向的流逝
以最绝对的方式
以最冷漠的频率
碾碎一切过程中的
苦痛和抗争
以及那些怯懦而脆弱的希望

命数
没有其他的本质
形式和可能

2007/9/7

失眠夜

时间此时像个吸管
茫然间插入太阳
让不眠人在午夜
啜饮其中的味道

一种痛苦无法稀释的心酸
一种虚无无法解释的悲伤

被焦虑烤焦的心瓣
碎裂成粉末
风来时
远播天际
封杀了所有的光芒
麻木了所有的味道
沉沉的焦漆凝结成
无人可破译的黑夜

月影在黑夜中
辗转不眠
流浪者的歌声
同样无助
理智的泻肚无药可医
情感干涸着寂寞的干涸

望星的结论
只能有一个
时间的星空和
星空中的时间
都是一种错误的结合

这种错误
却让一个无辜的不眠人
来承担它们
沉重的黑色的锁链

        2002/3/29

诗义

不要刻意去写诗
恰如不要刻意去捕捉
飘浮的光影碎片

诗句
会从开裂的伤口
如血一般
汩汩地流到
孤独的笔端

2016/11/22

诗与剑

皱纹是时间的刀
留在脸上的风霜

痛苦是时间的剑
划在心底的留恋

诗是血色的不屈
溅到时间锋刃上的记忆

2017/5/10

时间不会

时间不会
弥合任何创伤
尤其是他留给你的伤口

他只是把
欲望腐烂的尸体
随意地扔在
记忆墓地的一角

直到风
把悲愤的骨灰
吹走

2017/12/16

时间的表情

被时间的利刃
整齐砍断的头颅
高高地被抛在天空
却挂着
无辜而委屈的表情

飘洒着的血色之间
瞪着的双眼之中
还有一丝
不舍和留恋

不属于自己的不舍
和偷来的留恋

2007/4/13

时间的定义

每一分秒的时光
载着思想和思考
流过贲张的动脉
渗透到每只毛细血管的末梢
感染着每个细胞核
奔向一颗不屈的
倔强着的蔑视着的心脏

这便是排解生命的方式
这便是时间被赋予的定义

失落与苦痛的涅槃
是寂寞和孤僻
眼泪被无数次地焚烧后
融化成平静的海洋
无奈的波涛荡漾着
魂系梦绕的牵挂在净化后
扎成墓前殉葬的唯一的花环

一切都可以被践踏
一切都已经被践踏

一切都可以被剥夺

一切都已经被剥夺

一切都可以被容忍
一切都已经被容忍

当心脏被撕开
能否正视血滴的流淌
当大脑被强奸
能否报以激烈的反抗
当历史招手
能否报以微笑
当虚无露出带血的牙齿
能否报以怒吼

生命就是这样一个
荒谬而残忍的过程
时间没有赋予意义
灵魂却挣扎着
用生命来定义
死亡

时间毁灭了生命的元素
灵魂却挣扎着
用被毁灭的元素
来书写自己的
墓志铭

2006/7/16

时间的重量

世间最重的
是时间

那里堆积了太多
被屠戮的梦想

那里凝固了太多
绝望的呐喊

那里聚集了太多
真实的痛苦

那里辑录了太多
迷失的脚步

那里散落了太多
变色的记忆

那里留下了太多
镰刀的割痕

那里汇聚了太多
挣扎后的失败

那里凝结了全部
灵魂的血泪

沉重得让生命
无法承担

2015/12/15

时间也回头

记忆如影片的剪辑
一个个灰色而濒死的画面
踏着新的韵律
穿着新的彩衣
又鲜活地盛开在眼前

时间的利刃反戈一击
划出的曲线
好似诗章
优美地回了一次头

血滴化作落叶
婆娑地铺在了
曾经漫长而崎岖的
来时的路

2016/12/29

是谁

是谁
把青涩的羞月
挂在了小窗下的杨树枝上
像一只害羞的红灯笼

是谁
把揉得粉碎的思念
吹出窗外
染黑了浓浓的夜晚

是谁
将无法化解的忧郁
化成诗句
播种在了流浪的风中

是谁
站在这残破的废墟之上
舞动着
希望血红的旗帜

是谁
将无悔的誓言
凝冻成冰柱
支撑着摇摇欲坠的信仰

2014/1/31

是她

穿越乱发的
温柔的手指
理顺了几千年的凌乱

温柔
如同野性
是另一种凌乱

在苍凉胸膛上的轻吻
如一块绿洲悄然地
生长出安详的无悔

无悔
如同思念
是另一种苍凉

平静中的反抗
沉默中滚动的岩浆
似乎要与虚无无望地对决

无畏
是在寂寞中淬过火的孤独

无数次无助地
从梦魇中醒来
无数次在干裂的地平线上
看见挂着晨露的娇羞

那是某个曾在岩间
闪烁着的笑容
对着我
又一次如同黑色花朵般盛开

2002/6/4

逝去的春天

春天的印象
伴着她娉婷的背影
永远在那个时间的拐角
逝去了

被开垦过的绿草
被抚摸过的沙漠
被翻越过的山岭
被坠落过的瀑布

却不会忘记
一起呼吸过的空气
曾无悔地盛开在
那些有风的夜晚

2009/7/2

誓言

已习惯于
在冷漠的空间被放逐
像冽风中孤单的翎毛

但绝不允许自己
在时间的波涛中流浪
即使浪花寂灭无痕

虽然阳光也会恐惧
虽然无名如一颗稻米
也要从地下爬起
将反抗后的血泪
泼洒到分分秒秒

这是月色的凝重
是对生命郑重的誓言

2004/10/13

衰老的伤口
——生日自赠

（一）
每年的这一天
照例要揭开这不愈的伤口
今年
伤口已开始腐烂

寂静在炸开
云层游离着黯淡
古老的寓言
在混沌中大声打鼾

血管里爬着化脓的乌龟
祈祷的白发像自缚的蚕
激情开始变成豆浆
在早餐桌上与面包调情

（二）
怀疑
不是衰老的原因
自戕
不会是伤口的结局

每年的这一天
是与宿命续约的时辰

痛苦
是五月的冻伤
恐惧
是北极圈被出卖的春天

忧郁的面庞
却仍是原来的笔锋

被粉碎的寂寞
像被击落的八个太阳
七千年的饥渴
能否烧焦这
衰老的伤口

       2000/5/23

思念

思念
是被丢弃的心灵
在无窗的时间冰窖中
向自己祷告的恶习

2012/6/1

思念的枫叶

灵魂是
在时空的虚渺中
流浪的尘埃

曾经强大的信仰
像一只风筝
在被斩断原点的天际中游荡

在梦中
有一双牵着导线的
芊芊的手

思念像
一片憔悴的枫叶
翻滚在记忆寒风的呼啸里

在冬夜
有一片不肯随风而去的
花的坚守

或许
匆匆离去的脚步的回响
会找到更加恰当的定义

并且重温
那个未被说出的承诺
在无底的寂寞中
深埋

2007/3/20

思想

这是一切谋杀的根源
哲学家认知的失败

激情早已被弃尸荒野
愤怒只是无奈的骷髅

其实　完全多余
因无　没有谋杀
生命一样不曾存在

形式只是偶然

因为　重复死亡
不会赋予虚无
某种深度

2004/11/2

死神的尴尬

天使问
人们为什么那么在意
棺木的材料和设计

撒旦答
因为人们
不知道
什么才是棺木

上帝说
因为人们
不知道
什么才是生命

时间语
因为人们
不知道
为何要为那头
仍在茹毛饮血的野兽
哭泣

死神
握着滴血的镰刀
一直在沉默

2007/4/7

死亡的温柔

如幻梦般真实
如瞬间般永恒
如枯萎般生动
死亡似天使
飞到我不眠的床前

卸掉白色的翅膀
擦去浓厚的胭脂
死亡温柔地拥抱着我
像个久违的情人

她打开我的胸膛
用利刃轻柔地
刺穿我勃动的心脏
里边有飞旋的星球
和古希腊的殿堂

我们缠绵地亲吻着
焦灼地
注视着太阳的沉落
朵朵漂浮的红霞是
我没有归宿的思绪

被肢解的我
如虚无般充实
如绝望般快乐
如绞痛般安详
在死亡玫瑰般的亲吻中
我渐渐步入了望乡

夜半猛醒中
我发现
被剜去了双眼的头颅
仍在疯狂地打转
时间的飞轮
已将我血红的眼泪
撒满天涯

不要遥望星空
除非你要看我
在绝望中
凝固了的血泪

2000/1/20

死亡之后

心脏的搏动停止了
血液干涸了
萎缩成一个风干的苹果

大脑休眠了
白色的各种细胞
凝固成沙漠中化石的模样

这或许就是死亡
也会在某一神秘的命定的时刻
降临在我身上

我将会怎样迎接它的到来
像一个久违的朋友
迟到的邮差
还是个新的学徒

但不会是冷漠
不会是勉强
生命中的落没和挣扎
早以掩埋了任何形式的
情绪

从容
面对现实的从容
不管是好是坏
还是同样的虚伪和虚无
是生命中最起码的教训

唯一的不安
就是这唯一的不安
却无法被淹没
无法释怀

谁来继承
死亡带不走的忧郁
谁来为这长不大的世界
像父亲般地思考

2004/9/5

死亡之花

在熹微月光伴奏下
死亡之花
在时间的琴弦上
优雅地跳舞

每一个音节
都是用眼泪
写成的问号

每一个舞步
都是用欲望
画成的否定

每一次跳跃
都会留下
被时光割下的血肉

每一次眼神的流闪
都是对记忆
悔痛的眷恋

死亡之花
严肃地诘问自己：

当这曲音乐终了
是否应在
另一缕月光的伴奏下
继续独舞

没有终点的绝对
是否值得
意义的期盼

2011/10/30

四月

四月
还是放肆地绽放了

蓝天中的白云
披散着曾经齐腰的
黑色瀑布

恰如她如期绽放的
浓重的野性

兰花的蕊里
重复着青春期
粉色的述说

恰如她等待被征服的
黑色的期待

风中的小夜曲
淡化着记忆
铅色的沉重

绿的歌
诗的唇

亲吻着从爱琴海飞回来的
赤裸的
褐色的深眸

是谁
在四月里决定
不再回头

是谁
在四月里无法遏制
泪的奔流

是谁
在四月里固执地规划着
残缺的未来

2017/4/29

苏格拉底的手

我挣扎着
要抓住你伸过来的手
被时间的黑水侵浸了几千年
血管象枯萎的藤蔓盘结着
层层交错的青紫的伤疤
昭示着它曾被多少只脚
不经意或刻意地碾过
发霉的斑斓的青苔
展示着忽略的恶毒或无意

但我一定要抓住你的手

因为
它也许是唯一与希望的连线
形而上的或形而下的

因为
生命或许是
驾驭死亡的唯一机会

2006/7/4

宿命的小舟

渴望的小舟
满载着胆怯的期盼
无奈地驶入
宿命的苦海

浓浓暗夜里
会不会有风
将小舟吹载到
那有星光的彼岸

诗已无法挽回
被打破了的田园静谧
每一次明眸的闪烁
似从天庭散落的钻石
折射的璀璨
焚烧着
旧世界的和谐

挥不去的忧愁
深藏着无限的祝福
吐不尽的叹息
搅乱了星斗的格局

是否要驾着这
悲伤的小舟
做一次抗争
在巨浪中
返回旧世界的边缘

即使在波涛中沉没
沉入无底的深渊
也不愿留下
痕迹一丝

2001/12/13

隧道的尽头

那个在隧道尽头如萤火虫般
飘动的微光
是传说中的太阳吗

或者真实的太阳
比在隧道的尽头摇曳的微光
还要渺小

为了固守黑暗的纯粹
他拒绝这两种可能
如同拒绝希望的戏弄和
绝望的悲怆

2017/8/3

缩影
——重游剑河

那天
是某种缩影

第一次
与你相遇
在这桥畔

偶然
并不单纯

再次徜徉在
我俩的桥畔
秋雨告诉我
宿命
是那天的缩影

天庭飘落的
一首诗
柔柔地溶化在
冬醒的心田

两秒钟的对视
化解了
两千年的等待

2000/11/19

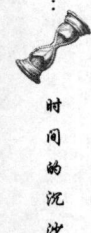

所谓凄凉

所谓凄凉
就是当玫瑰谢了
风
仍在春天里
抚摸着它的坟墓
泪水
仍用自己的尸体
浇灌着挥之不去的残影

所谓凄凉
就是当夕阳去了
风
仍在月下
背诵着太阳的盟誓
孤独
仍用寂寞的反抗
抚慰着残破的心房

2011/3/13

锁链

拥抱和亲吻
所有的锁链吧
不管它们是连接天堂
还是锁在地狱

就像曾经用满腔的热血
去欢迎
时间寒冷闪烁的剑锋

无悔
只能无悔
是唯一的避风港

当死亡终于降临
锁链和绑在上面的残肢断臂
都会变成骄傲的陪葬品
被新的殉道者
挖掘
考古
珍藏

2011/4/27

他

只有一次
清晰地看见过他
漂浮在羊水
恍惚的波涛之中

之后的形象
变得间接而模糊

只知道他
一直忙于炮制一轮轮
新的日出
整夜不休
额头被问号扭曲着
却顽固地拒绝回答
任何问题

不朽和虚无
被抛入同一个垃圾筒
因为他赋予了它们
相同的词根

阳光像被消化过的食物
金色地

或者呕吐般地
再次从波涛开始
君临宇宙

光芒灿烂地
或者没有羞耻地
闪烁着
抚育着你我生命的胚胎

永恒的歌
或者被恣意编写过的骗局
距离潜意识
不知有多远

我转过头
掠向与他相反的方向
不想从前

2005/2/28

台词

每次呼吸都是
失败的黑色幽默剧中
一句蹩脚的台词

出于某种
简单而又费解的原因
人人急促地忙于自我表现

于是大气层中
充满排泄不出的废气
据说地球因此变暖

剧目的编剧导演
和背景设计
早已失踪
据说潜逃者是个
拒绝走下十字架的
独身主义者

在那面墙下
仍然可以看见
一些怪异的物体
在悼念

不用听懂他们语言的含义
因为幽默剧里只有一句
蹩脚的台词

2002/3/29

太阳的告别

告诉你们
不要留恋晚霞的绚丽
其实　那只是我累了
明天不愿再起来

告诉我
为什么你们明天还要醒来
难道你们知道
自己是谁

2004/9/29

太阳的灰烬

孤独
死亡也烧不尽的孤独

骄傲
灰烬也抹杀不掉的骄傲

2005/8/13

太阳花开

昨晚
太阳妩媚地盛开
像五月清晨滴着露水的玫瑰
那样执着　那样无悔

我凝视着这朵花
将它记作
祭典未来时的一句
祀文

2004/12/17

叹息

天堂塌陷
生命降临人间

祈祷会不会应验
拯救是否只是虚妄

只有死亡
是那日孤独的叹息

2004/9/22

逃避

(一)
谋杀自己
最有效的方式
是逃避

为逃避正名的
最有说服力的方式
是另一种逃避

最遥远的逃避
是闭上眼睛
躲入消失中的自我

(二)
意识只能在
另一种意识前
消失

价值只能被
另一种价值
摧毁

逃避只能在

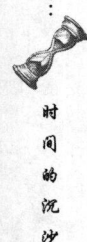

另一种逃避中
遁形

2017/8/28

逃犯

坟墓中绝对的安静
最适合关押驿动的心灵

坟墓中四壁的狭窄
最适合囚禁反抗的灵魂

在那里
时间的利刃
再也刺不痛
敏感的自我和
莫名的尊严

2017/6/6

陶醉

什么是神性的陶醉

是当初四眸相撞的霹雳
被凝固在了虚空
永恒的碎裂中吗

2017/5/28

天堂的途径

天堂的途径
在于她无言的期待

他
却没有听到

或许他不相信
他的天堂
属于时间

欲望的幻影
化作雨后的彩虹
悬在天边
却缺少了一位信徒

恰似她
承诺过的
会借给他的陪伴

2005/1/7

天堂与地狱

天堂稍稍向左
是地狱
地狱略微向前
是天堂

也有人说
天堂是地狱里的保鲜柜
地狱是天堂里的洗漱间

创造天堂的人
是想以不朽的名义
执行死刑

创造地狱的人
是想以数量的名义
谋杀质量

信仰天堂的人
是不敢面对自己
作为灰尘的价值

信仰地狱的人
是无法承受反抗也

无形的真实

而我
在午夜清醒时对月
不在苦涩的咖啡中
加入一点糖

2007/1/29

跳舞

曾经大地
还算结实稳妥
他经常在上面跳舞

如今风
吹走一颗砂粒
吹来一滴泪珠
整个天地都会倾塌

于是他
带着夜的面纱
踏着沉默的音节

在星空中独舞

2017/4/26

偷来的梦

初春的晚上
细雨滴着迟到的忧愁

让我把那个翠绿的影子
再次揽入怀里

月儿藏在云后
假装当初什么也没看到

在踏入忘川之前
让我睡一会儿
悄悄地做个偷来的梦

2017/3/29

弯曲的时间

又一个秋天
蓦然地降临在了窗前
如同又一个跌落的灵魂
摔碎在墓地的石板上

几度弯曲的钟表
挂在渐渐暗淡的枝丫上
崩乱的指针
散落在满地盘旋的花瓣中
呻吟着
流淌出紫黑色的血

无奈的血滴
沉入夕阳下的湖里
泛起阵阵留恋的涟漪
悄悄地融入
流向忘川的风中

凝固的呐喊
袒露着无法弥合的伤口
呼唤着
那个在子夜的月光下
不肯回眸的

远去的背影

孤独的诗人
在冬雪的破碎中独饮
犹豫不决
那最后的韵脚
应该押在生命中的
哪个瞬间

       2017/8/8　于沈阳

挽歌的变奏

从邈远的记忆的残庙
漂来冰封已久的
使命的残香

伴着晚祷钟声的翅膀
忧伤探索着时间
幽暗的谷底

那是曾经的十字架
错落的倒影
为今晚无法浅释的孤独
特制的挽歌的变奏吗

2014 年圣诞夜

晚祷

悲悯
像被肢解的梅花
在冰雪皑皑的死寂中
缤纷地飘零

突破忘却的禁锢
穿过黑暗的边缘
落在时空教堂的穹顶
飘来了淡淡的暗香

钟声响了

这是冬夜
为驱不散的寒冷和孤寂
所做的晚祷吗

2014/12/30

望海的小窗

沉落
是无边的大海
寂寞
是无语的星空

飘零
是那个夏夜的月光
难忘
是那不经意的
一霎回眸

2014/12/4

唯一

我对太阳说
　你是我的唯一
它问
　为什么

我说
　因为没有唯一
　就没有我
　存在的理由

2007/12/12

唯一的真实
——给 VC

阵阵虚无的狂飙
吹散着灵魂的灰烬
漫天飞舞
遮不住远星的光熠

爱你
是这样深深的幸福
无数次的离别
是夜里不敢正视的痛楚

年轮的锻炼
铸成唯一的真实
纵使远星的光熠
已化作另一片灰烬

2003/2/22

为什么

为什么
月亮泪滴的浓度每晚都有所不同

为什么
鸟儿歌唱的悲伤每次都高低不同

为什么
太阳沉落的忧郁每晚的层次不同

为什么
花儿盛开的绝情每天都不尽相同

为什么
你的冷漠在每个春天都顽固如铁
如同南极万年的冰川
拒绝晚风送来的深情温婉的告白

2016/3/27

为什么还要

为什么还要写诗
因为想要测量
从你明眸的闪亮
到我思想的墓碑之间
有多少光年的感伤

2012/12/1　于洛杉矶

温柔的小手

那双温柔的小手
拨开了他的胸腔
掏出了殷红跳动的心脏
把它抛入了风尘

那双温柔的小手
拨开了他的胸腔
把一颗锈迹斑斑的铁陀
放入空洞的胸腔

手术后复位的心脏
重新拨起搏动的节拍
在那双温柔的小手
调拨之下

从此
沉闷的回响
在阳光下横行
那是假装还没死的男人
联袂演奏出的
激情的摇滚乐

2017/2/21

文明

发生了什么事

夜幕降临了
谁醒了
语言死后残留的脑细胞

发生了什么事

太阳升起了
谁睡着了
世界和芸芸众生

多些语言的葬礼
少些失效的安眠药
世界应该像婴儿般酣睡
而不该做梦

迷路的目光
渴望的肚皮
对刺的刀剑

疯狂地建造了
这个避难所

心脏却每天

在死亡的阴影下

更加剧烈地颤抖

                    2005/2/28

我的手

灵魂的苦痛
带着刻骨的无奈
从坟墓的深处
爬出

用绝望的手

在大地上
刻下你的坐标

用覆满刀疤的手

紧紧攥住
这支断笔
紧紧握住
这棵柔弱的最后的稻草

用我的手

2013/5/15

我欲　却不能

我要真正的存在
却不能
因为没有被赋予意义

我要鲜活的生命
却不能
因为没有时间的理由

我欲绝望
却不能
因为不曾有过希望

我欲反抗
却不能
因为没有反抗的武器

我欲死亡
却不能
因为没有拥有过生命

我欲逃避
却不能
因为虚空中没有避难所

2005/2/13

我知道，我不知道

我知道时间是一把锋利无比的毒剑
每分每秒都在疯狂斩杀着生命稻草
但不知道是谁在挥舞着这柄利剑
不知道怎样阻止这剑的挥舞
或减慢它的频率

我知道生命的源泉是在错觉中思考
死亡的恒久是要回避真实
但不知道哪种逃避更好
也不知道错觉与真实是否不同
或于无奈有无意义

我知道死亡是骚动的延续
生命是一种判罚
但不知道这一切的起因和源头
也不知道谁将进行裁决和审判
或审判者本身是否无辜

我知道一切
我不知道的却更多

2003/2/10

我知道你

我的一切
没有形式与内容的统一

我的存在
只有历史与尘埃的矛盾

我知道你
爱我

我会从容
也会谦卑

2005/1/7

无法躲避

无法躲避
时间
锋利的刀锋

也无法改变
时间
飞箭的方向

所能做的
只是让每一
飞溅的血滴
载满思想和
挥不去的忧郁

当头颅
被抛弃到乱坟岗
一双眼睛
仍逼视着
时间的背影
空灵的寰宇的迷雾中
只有血滴
没有遗憾

2006/10/16

无关

时间孕育死亡
死亡却无视时间

生命纵容时间
时间却与生命无关

2005/2/13

无痕

这一刻的体验
险些篡改了
强加的　继承的和
自己总结的定义

可怜地仰望着夜幕
无惧反抗的反作用力
哪怕带着铁枷
哪怕被灼得遍体鳞伤

但它还是走了
轻飘地
感伤地
走远了

即使没有残留
这刻的无痕
仍是无数思念的归宿
无痕
依旧抹不去最后的
那声 Je t'aime

第一缕晨曦

是忠实的信使
每天破晓的一刻
轻吻你
熟睡的姣容
却羞于透露它
远在万里之外的主人

胸腔里曾经游荡的
五颜六色的血液
已然干涸
脆若残思的意识里
搏动着的
不是与永恒的调情
而是你娇柔的呼吸

在了然无痕的瞬间
只有留恋
只有灰烬
或许会有重生
却不会再有哀伤

      2001/5/14 于香港

无题

看见一尾
披着金甲的鱼
在苍白的血液中畅游

它最终在大脑深处的
某个细胞中筑了巢

夜幕降临了
鱼儿在快乐的欢闹中
壮烈地生产

于是骷髅
戴上了一件
傲慢的面具

踩着硕大的高跷
牵只狂吠的假狗
招摇过市

2009/3/22

无谓

花开再脆弱
也是花开

理想再缥缈
也是理想

思念再无助
也是思念

反抗再脆弱
也是反抗

坟墓再渺小
也是坟墓

时间再冷漠
也是时间

2017/3/27

五十岁第一天的漫步

五十岁第一天的漫步
发现世界
果然与四十九岁最后一天
完全不同

一切都变老了

空气开始变得灰朦
鸟儿的啾鸣有些犹豫

夕阳老了一岁
雨滴的歌更慢
更凝重了
花瓣的骄傲添上了些许铅色
摩天大楼的背也开始弯了
婴儿的脸上也开始隐现皱纹

只有风
顾不上岁月的骚扰
拖拽着疲惫的心
夹杂着浓烈的存在辩证法的味道
仍然在吹

隐逸的风

没有时间

去把自己变老

      2016/5/24　于沈阳了寒居

五月

不时有飞鸟也会回头
看看来时丢失了的路

不时夕阳也会裸露悲伤的脸
上面写满无法挽救的错误

不时花瓣也无法欺骗蜜蜂
花香很像　却已无情

不时潜龙也会在暴雨中洗澡
虽然总也洗不尽尘埃的屈辱

不时他也会在月影中独饮
等待着在某个五月的夜晚
默默地喝完最后一杯酒

2017/5/14

午夜的葬礼

残谢的黑眼睛
在光影中游动
漠视午夜渴望的墓穴

一颗心脏里
思念已被埋葬
绝望是墓边丛生的杂草

你的眼里流出的是眼泪
我眼里汩汩而出的是
时间的挽歌

黑玫瑰在午夜盛开着
丰满的双乳
饥饿的死神似乎在说
只有爱情　也只有葬礼

2004/3/29

舞者

只有黑夜沉重的压抑
才会催生真实的渴望

只有锁链牢固的禁锢
才会催生轻盈的舞蹈

只有生命的有限
才会催生无限的诱惑

只有心灵的脆弱
才会催生坚强的反抗

瞧
彻夜书灯下
那个孤独的
舞者

2012/8/11

夕阳的海

忧郁是夕阳
洗不褪色的思念

诗歌记录着信仰
流浪于夜的忧伤

沙滩上错位的脚印
述说着风儿
总是从相反的方向
一去
便永不回头

2017/5/4

仙人掌
——某人的肖像画

在他半闭的眼中
没有水　没有希望
只有干涸的沙漠漫延到
黑暗的尽头

他残喘的呼吸
陪伴着
空旷的日落和凄凉的月出
在灵魂轮回的地平线上

他笔直的背影
坚守着
自愿的孤独和命定的寂寞
在无字墓碑下的坟墓里

他燃烧的血液
是不屈的养料和
沸腾的激流

寂寞而激烈的反抗
诞生和埋葬在这片

时空的沙漠中

在他半闭的眼中
幻灭着
希望的升腾和绝望的陨落

直到他自己也终于
陨落

2017/10/10

相知不相遇

没有告别
却曾约定在未来相守

她乘着春风的翅膀
追随欲望的快乐

他带着命运的加速度
坠入形而上的战场

时间的夜影
衬托出他们的行迹

花瓣的破裂声
传来了对方的消息

可是
她应该知道
在时间的徒刑中
最好的重逢
是相知而永不相遇

他相信忘我地反抗
他坚守无悔地战斗

直到残躯

在虚空的尘埃下

再次沉沉地入眠

2017/7/24 夜

于黑河黑龙江畔

香榭里榭印象

这太阳炙烤的酷暑中
为何还有这
滚滚的人流
在大街上
坦然地
拥挤
流汗
呼吸
喝酒
浪漫

不像我
仍然在呼吸

因为绝望
因为反抗

2008/7/13

萧条的秋忆

从倒流的时光中捞起的
只有你若有若无的哀婉
顺着黑色瀑布般的发丝
滴落的　不知是
泪水还是汗滴

窗外的秋叶
褐色地吹过
阵阵歌舞着的落花
是否能够理解
另一种殉葬的意义

不想去想象
落花的归宿
不想去探寻
秋风的去处

挂在月钩上的是
无法凋谢的问号
何时昨夜的兰花
在我热烈的怀抱里
能够再次
褐色地　骄傲地
盛开

2004/11/2

潇洒·秋叶

北风中的秋叶
恰如
欲望结局中
潇洒的风度

希望的跌落
溅起嘶喊的碎片
再次跌落
已是绝望
无言的承受

北风中的秋叶
在毁灭的烟尘中
安然地随风舞蹈

没有感激
没有遗憾
没有回忆
只有　沉默地
一直坠入
黑色的渊底

2014/11/22

肖邦夜曲

这忧郁的音符
揉着月光的锋利
如美丽的尖刀
插入了心里那个
似已消亡了的角落

感伤破碎地散乱天边
伤口留作开裂的纪念
思恋如风缠绵的吻别
但决不能落泪

血滴可以雕刻成
献给自己的祭品
泪滴却不知要流向
何方

夜在远方
泪要去何方

2017/10/17

笑意

在我那些幽暗的诗句中
有一丝花的笑意
开放在
黑色的悲伤深处

你能看到吗

2017/5/24

心脏
——致 MM

胸膛中的心脏
是丢失了神灵的庙宇
无措的荒野
堆积着各种形状的尴尬
不在意腐烂的方法
也寂静得没有颜色

今晚听到的歌声
却是埋藏在远古的心脏
再次起搏的声音
弥漫着干涸的血液的殷红
散播着用来陪葬的温柔

在这深冬的夜里
像时间一样锋利地
解剖着天涯浪迹的零落
伸出温暖的手
像亲吻一样融化着
一块迷路的冰寒

突来的奇迹陶醉了

谦卑的灵魂
醉意中
一个来自云端的女声
分明在用一种久已迷失的语言
呢喃：

心脏
是你歌声中激情跳动的
音符

信仰
是你歌声中深情投注的
眼眸

2002/12/23

新的,旧的

老的咖啡馆内
飘逸着新的咖啡浓香

新的窗帘后面
隐藏着旧的恐惧

旧的月亮下面
流淌着新的眼泪

新的诗歌里面
横陈着旧的尸体

旧的灰烬下面
孕育着新的火苗

2014/12/16

星空的图腾

星空的脸上画着
一个关于生死的图腾
试图破解它的人
会陷入一场
时间和意义之间
无休止的决斗

交错的利刃
在千万次地
刺穿心脏的同时
会划破
各种被珍惜的伪装
飞溅的血滴
是理性的种子
也是宿命的结局

太阳据说是某种元凶
可他被敲碎的大脑
流出的脑浆
同从我大脑中流出的空虚
同样是无解的黑色

它们像眼泪一般

汩汩地流着

血色
从另一个角度看
就是黑色
黑色
却无法变成我的血色

所有的裂变都试过了
结果真的不行

2002/5/8

雄鹰

雄鹰的伟大
不是它冲高的高度
而是从高空跌落后
墓坑的深度

2010/9/25

虚妄

体悟到万物都漂浮在
虚空
并且每分每秒
都在痛着

这不是意外的忧伤
而是赤裸的幸福

拒绝虚空
在时间面前自鸣得意
这是虚妄对生命
恶意地亵渎

2013/4/28

虚无的结构

虚无是思想和思考
被吞噬之后
静止的极限

在浮云中找不到故乡
在语言中觅不见交流
白色的沙漠已然没有沙粒

历史
多么渺小的标榜
冬晨的一口虚妄的哈气
可怜欲望的夸谈
却无法掩饰缺少内脏的空洞

需要一枝火柴
需要照亮它真实的面目
当火柴点燃
青烟代替了丑陋

死亡
以生命的姿态出现
以永恒的残影消失

生命
一种无谓的过程
一个没有结局的幻影

心灵已干涸成
七千年的化石
大脑流动着反抗的血液
血浆凝固成拒绝哭泣的呐喊

参与是不会被原谅的自戕
不参与是懦夫的灵柩

但
可否
将他千万次地
钉死在十字架上
以便他的血可以在
时空的坐标上
留下一滴干涸的痕迹

可否
将他带着时间刀痕的
心灵碎片——风干
埋葬在宇宙的一角
以便在千万次轮回之后
会有一朵由分秒
编成的花环献在他的墓前

可否
让血继续流淌
让呐喊拒绝哭泣
挺直他多余的身躯
在沙漠中埋葬青烟的残迹

2001/1/1

虚无的境界

在虚无的境界里
没有颜色
没有声音
没有开始
没有结局
没有过程
没有关联
没有感觉
没有悲伤
没有欢乐
没有形式
没有本质
没有思想
没有哲学
没有无知
没有知识
没有罪恶
没有慈悲
没有追求
没有失败
没有空间
没有无限
没有欲望

没有幻灭
没有时间
没有生命
没有死亡
没有湮灭

只有
一双不甘心的　失落的
眼眸
孤独地
悬挂在天际

2005/2/13

酗酒
——给萨特

我不会
为了哲学而酗酒
为了爱情也不会

为了哲学
我放弃了雪茄
为了爱情
我学会了忘记快乐

2012/4/17

雪花

白色的骷髅
在黑色的岩石上
燃烧

骨灰拒绝灭亡

弯曲的脊背
托着岩石
赤裸着的筋骨
如山峦崎岖的原野
蜿蜒地流淌着渗血的汗珠

朔风吹来
沉积了千万年的骨灰
飞起
化作晶莹的雪花
弥漫天际

2014/12/19

雪花落有声

轻灵　又凝重
似春　又似秋

似歌声　却沉默
想谅解　却已淡忘

似苦痛　却已释然
迷恋过去　却不堪怀念

一片片青春的祭礼
似血色的花圈
沉重地砸落在今晚
回忆的心田

2004/12/3

勋章

惬意地把自己
活埋在了尘埃之下
得意地把生命
变成了蠕动的尸体

因为疲惫
因为胆怯
因为脆弱
因为无力
因为谣言

自戕
被当做胜利的勋章
佩戴在了
高高挺起的胸膛
骄傲地
迈向湮灭

2017/8/28

寻找

丢失了生命
却要在死亡中
将它寻找

能找到吗

被剥夺了欢乐
却要在眼泪中
将它寻找

能找到吗

告别了爱情
却要在回忆中
将它寻找

能找到吗

谋杀了灵魂
却要在坟墓中
将它寻找

能找到吗

2005/2/25

妖花

确是国色般艳丽
确是天香般馥郁

美得不同凡响
美得惊天动地

只是拜托
千万不要
在我有限的时间里
荒谬地开放

2010/1/17

要有光

一个漠然的声音说
要有光

于是
所有潘多拉的盒子
都打开了

还带着笑

2017/12/7

夜班飞机

夜班飞机
呼啸着刺向夜空
告别一片昏噩的不眠灯火
奔向模糊的远方
飞机中的人们
像是被烧熟的花朵
被拉去赶赴
不属于他们的约会

七千年前也是这样一个夜晚
一个人孤独地骑着马
带领着夜幕中远去的马队
思忖着
如果征程没有目的
那么时间中的鲜血
将流向何方

2002/12/2

夜的花环

他吻着夜晚
褐色的甜蜜的唇

夜的花环
如温存的双臂紧抱着
月神白皙的脖颈

他在墓地里忘情地舞蹈
死神用血红色的手指
拨动着琴弦

秋夜里繁花飞落
翻转的梧桐叶覆盖着
只有两人知道的秘密小径

飘忽的密语
沉落的怨言
委屈的想象
失踪的欲望
像蛇一样追赶着灵魂
远去的脚步

他再也摸不到夜的花环

再也看不见迷离的舞步
死神的夜曲
也离他而去

因为风
如时间的叹息
早已将他存在的意义
吹走了

2016/4/7

夜的手

夜
了解忧伤
和关于你的一切

她的手
在梦中
温柔地抚摸着
你的伤口
你的痛

2016/1/7

夜读

夜幕降临

从虚伪阳光中的
无奈和浑噩
跃入心灵的搏动
和傲然的明光

我看
我读
如一匹荒野中的苍狼

在星空被删除的网页中
找寻远古命运的福音

即使腿如铸铅
即使双手受缚
即使眼睛模糊

星星下坠的曲线
唱着悲伤的歌
绽开着花开的线条

双栖的存在

在古籍的留白中
崎岖地爬行

在孤独瞌睡的书灯
彻夜的
陪伴之下

2017/4/12

夜读司马迁

权力的残虐
使作为生物男人的司马迁
死了
追求仕途的司马迁
死了
生活中的司马迁
死了

一个永生的司马迁
带着凝重的光环
诞生了

对于不以做生物男人
为目的的人
生命
仕途
还有所谓的生活
值得被抛弃

幸好有历史
幸好有意志
幸好有反抗
苦难和智慧的

临时避风湾

世俗的不幸
自信的傲骨
却是进入港湾的通行证

智慧的容量
决定着泊位的大小

今夜又看见你的小船
装载着件件金色的竹签
摇曳在时间的波涛中

你沧桑的额头
刻印着胜利者的尊严
即使不再做男人
即使丢掉仕途
即使丧失了所谓的生活

夜空中
不见了星光的璀璨
闪烁的是你微笑的安详
目光的坚定与从容
似在将另一个历史经验
倾尽在笔端

2007/1/6

夜惑

死亡
以钻石的形状
悬垂在
她褐色的
唇瓣
凋零着

子夜
被无助的呻吟
撕破着

碎片
被迷醉的眼影
掩盖着

反抗着逻辑
以悖谬的秩序

用未来的葬礼
回忆着往昔

雪茄红色的烟魂
纠缠着她蛇样的背影

曲未尽时
一切都散了

直至黎明
月光无声

2008/10/31

夜空

夜空
像个在时间背景上
私自偷开的小窗
在风中
时开时合

一个筋疲力尽的人
仰着满是伤疤的脸
用空洞的眼神
等待着

等待着
一个熟悉而陌生的面庞
透过星空的黑洞
向他投来
那个神秘而会意的微笑

神秘得无须解释
会意中只有无奈

然后关上窗户
用黑布
蒙上瞌睡的双眼

2010/9/25

夜里

沉醉于夜
不是因为黑暗能够淹没呐喊

痴迷于夜
是因为能够摆脱时间的绳索

自由地
将绝望化作血的文字
向星空发出
悲悯而苍凉的呼唤
哪怕多么地微弱

2017/7/31

夜畔歌声

你轻柔的歌声
勾勒出
山谷忆境的苍茫
折射出
那晚月亮的秘密

当忧伤
在思念中化为无形
才发现
今晚的孤独
美丽而不再朦胧

2002/12/23

夜深沉

深夜浓稠的静谧
奏响着心跳震耳的旋律

深夜厚重的虚空
蕴藏着灵魂无限的可能

屏住呼吸
感受星空被引爆
在身边崩裂得粉碎
以最放肆和最彻底的方式

2017/6/30

幽默

幽默是一切关于
出路的道德幻象

尤其是当你
戴着期待的枷锁
倒在地上
不停呻吟的时候

其实
我就很幽默

2014/7/9

一滴血

在降生与离世之间
在无因与无果之间
在虚空与空虚之间
在无知的无痛与感知的剧痛之间

是时空中暗黑的死胡同
是心灵被刺破　被斩碎
被磨成粉末的过程
是幻想　现实　绝望
残破的路标

时间机械性的杀戮
每秒钟都溅着一滩血
延绵在虚空的血腥之中

只是有这么一滴血
倔强地拒绝
被装饰和干涸

2005/1/31

一个小站

妩媚过蔷薇
温柔却拒绝了留恋
艳丽过兰花
春风却不识含笑

因为
这只是苍茫旅途中
一个默默的小站

时光会解剖这朵花
不笑的原因

只是
那时是否还会
有辆急驶的火车
呼啸着路过
这个小站

2004/11/2

一夜昙花

娇羞的红颊
是今晚醉酒的玫瑰
褐色的春风
载着激情亮丽的碎片
迷失于缤纷洒落的花瓣雨

月光织成的小夜曲
似华丽的晚装
覆盖着修竹低吟的合唱
却遮不住
野性不羁的张扬

一定是经年的冰封
才会浇灌出的绽放
即便如一夜昙花
也不回头

2002/2/20

遗漏的阳光

你就像一束
被遗漏的阳光
透过没有关好的
天堂的门
不小心洒到人间

你就像一个
无法破解的范畴
通过哲学的残窗
被吹到了
孤独的书桌上面

你来时
如一朵
被禁锢的花朵
无法在空气中开放

你走后
黑暗覆盖了
幽深的花的墓场
期盼着下一季的雨露

多少个夜晚

默默地找寻
那些被你的双脚
踩碎的月亮碎片
希望得知你的方向

月亮碎片
编织的不规则的拼图
多年来温暖着
那些不肯屈服的
冰冷的思念

2006/12/20

意犹未尽

意犹未尽时

让月光
点燃那只剩下的雪茄

让汗滴
冲淡层层堆积的疲惫

让灵魂
变成云游四方的诗人

让叹息
吐出浓郁不化的忧郁

再从那个小窗
从容地飞走

2012/11/30

隐士的夕阳

夕阳的残辉
最后一次散落在
隐士的眼里

明天的黎明
再没有
同样的日出
从他的眼里
升起

2011/4/15

隐士的影子

隐士的微笑
是对自己影子
发出的会意的笑

这个影子
只有月亮能够看到
这个影子
藏着存在价值的密码

在这个影子里
隐士体味着
独属自己的光荣与骄傲

当隐士去了
这个影子
仍然会盘桓在人间

在月下的静谧里
影子会继续享受
隐士惬意的孤独

2011/2/6

隐者的宿命

命运对于隐者
极其吝啬

他给予了爱情
便会没收自由
关于这点
马克思知道
苏格拉底更知道

他给予了自由
便会没收爱情
关于这点
笛卡尔知道
康德也知道

至于那个人呢
一切只关乎自由
他说自由便是他
一生无悔的爱情

2011/7/18

隐者的幸福

如果虚空的深渊中
也会偶现幸福的绿洲

那么隐者的幸福
是在繁星闪烁的子夜
以心灵搏动的血浆为墨汁
在时间的墓碑上
安详地篆写
自己的墓志铭

2011/4/3

印象
——听马勒第九交响曲

（一）

他看见希望
赤裸的胴体
翻滚在黑色波涛的
波峰和谷底
却看不见幻灭
深邃的底

铅般沉重的浪涛
撞击着
在海岸上坚守了
千万年的怪石

如不惧风霜的脸
刻篆着千疮百孔

一次次冲天的波涛
凝固时
定格了他
绝望的缩影

（二）
信念的瓦解
是在爱情
破碎的时候吗
不是

是在晨曦
带着娇羞的面颊
同太阳一起
从大海的地平线
再次升起的瞬间

（三）
恐惧
在海啸吹过时
已经停止

覆盖着天地的
是死寂

是绝望
也包裹不住的死寂

如同他
每次与刺骨的海风
拥抱时
悲怆的心情

2009/4/19

影子

曾在提香和达·芬奇
圣母像的微笑里
找寻她的影子

却发现她的影子
开放在午夜媚声
发霉的气味中

于是错误
连同圣母像的讽刺
从打开的窗户
被抛向了
气味传来的方向

轰的一声
打断了午夜的脊梁

2009/9/24

又见夕阳

只有你的苍茫
可以包融无法化解的苦痛
只有你的哀伤
能在血管里自由地流动

只有你的壮美
可以被刻在存在的纪念碑
只有你的无奈
如同生命中无法承担的眼泪
一样沉重

2004/11/6

余烟

在孟秋的夕阳中
灵魂的囚笼
起火了

黑烟里充斥着
欲望的尸体
被烧焦的味道

它们被风吹向了
山的另一面
以新的身份
找到了新的天际

2016/3/19

虞姬之恋

我已用美丽
织成
五彩的寿衣

我已用舞蹈
编排
楚歌中的葬礼

我已用利剑
篆刻
墓碑上的祭词

我已用鲜血
酿好
永别的热酒

我已用泪水
煎烤
对你的忠诚

相识
已然无悔
相爱

人间遗笑

最后的风月
融化
天地
你我

2010/3/28

雨

世界
消失在梦
编织的雨里

雨
消失在眸子
注视的深情里

眸子
消失在思念
没有节制的雨里

2010/5/18

雨果的诗

我知道
你是从雨果的诗里
偷跑出来
优雅中的忧郁
美丽中的矜持
不小心泄露了你的身世

让我凝视你
清澈的双眸
就像少年时
初次诵读雨果的诗篇

叛逆的诗句
押错的韵脚
你未被珍惜的美丽
为我的漂泊送行
奔走却找不到故乡
希望也不是你的宿命

但你　一定要答应我
离别后要尽快回到
雨果的诗里
不管世界让你多么疲惫

不管今宵的记忆将会

多么沉重

2004/1/4

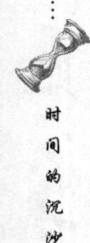

雨是梦

雨是残留的梦
还是
残存的梦之泪

那夜的风雨
是否已将残梦
从没有堤坝的泪川中
彻底冲走

不再回头

2012/6/1

欲望的底层

欲望的最底层
是灵魂隐秘的地基

那里有天的边际
那里有地的重心

那里有真实的坟墓
那里有无畏的坚守

那里有意志的战旗
在残破的时间坐标中
随着隐没的罡风
勇敢地飘荡

上面写着
反抗

2017/10/29

原子世纪六十周年祭

在美利坚的后花园里
华盛顿秃头上褐色的芳草
又长了几英寸

在玛利亚的岩间祷告里
天使们苍白的骨头
炖到了几成熟

潘金莲的贞节牌坊
和爱因斯坦智障的大脑标本
是否被邮寄到了广岛
或是长崎

2005/7/16

月亮穿着

月亮穿着
被冬风扯烂了的寿衣
坐在窗台
听着枯叶卷起
似在拒绝
回忆的抚摸

眼泪又打碎了
那只被弥补过多次的
无法装满的酒杯

多冷的风
也拉不回
飘去的思念

多大的雪
也盖不住
背影的回眸

即使在白日梦中
惊醒
即使在月光中
沉睡

2017/12/7

月夜舞会

被肢解着的理智
被篡改着的眼神
被掩盖着的失聪
被愚弄着的渴望
在月夜的花园里开办着
古典式的化装舞会

圆舞曲悠扬地飘动
舞步和谐地伴着心跳

于是
罗密欧与梁山泊第一次牵手
马可波罗被称作玄奘
伊丽莎白长满阿訇般的络腮胡
核弹头将在午夜之后用作烟花发射

懒散的夏风
挂着轻蔑的冷笑
用温柔的小手
不停地为死神
倦怠的睡眼
轻轻地涂着血色的眼影

2002/7/28

云朵的存在

一朵觉得有必要存在的
云朵
在西天寂寞地飘浮

黄昏时
它浑身披满金色的彩霞
又渐渐散成丝丝碎块
融化在偶然路过的风里

一个曾经呐喊的人
举头望着这朵
觉得有必要存在的云
在西天飘浮
看着它慢慢地消融于不存在

自己慢慢地
丢失了
成了曾经的存在

太阳没有寻找
也没有被寻找
因为他觉得自己
没有存在的必然

唯一的黑夜

在无月光的静穆中

默默地舔着伤口

也要走了

慢慢地走入

诗意的不存在

2009/5/1

在那个夏天

在那个夏天
默念着虔诚的祈祷
背负着沉重的十字架
问号像荆棘般刺骨
步履蹒跚地迈向
山巅的圣坛

你　却像一阵调皮的风
在夜晚的寂静的湖面呼啸而过
唤醒了
应该的和不应该的欲望
带走了
对称和不对称的守望

在那个夏天
心灵中有蔷薇的百色
蔷薇的蕊中并没有庙宇
对日出的微光
只是羞涩地不语

你　却像一簇迟到的烟花
燃亮了夜的空洞
熄灭后的没有终点的沉默

笼罩了本属于你的
无邪的白色

而今　蔷薇已萎缩
而今　风声已减弱

我们发现
心跳已经永远留在了
那些　有月和无月的
那些　不肯告别和没有告别的
无数个激情的夜晚

我们发现
那场青春风暴过后
在铅华的灰烬中
没有保护色的残迹

2003/8/1

在这透明的秋夜

黑色的玫瑰
没有重量的亲吻
夜风载着他俩
将两朵微笑的云朵
编织成雪白的呻吟
不知谁是谁
只有爵士乐
在这透明的秋夜

无数往复的浪潮
越来越少的氧气
血红的快乐溅在
破裂的钻石项链上
昨晚的理性变成领带
系在霓虹灯不眠的颈上

一只醉酒的蜜蜂飞来
玫瑰依然黑色又婀娜

秋夜这么忧郁地
压在胸口
星月依然没有答案

风儿忘情地抚摸着
疲惫的面庞
告别却没有留恋

也许
当天空也会在酒精中崩溃
因为孤独

也许
大地只会全天候地迎合开裂
因为寂寞

2004/4/6

这首提琴曲

这首提琴曲
我一直没有勇气听完
谁能听完后告诉我
那些被割断了的不舍
都被冲积到了哪里

  在某个悄悄的夜晚

这首诗
我一直没有勇气读完
谁能读完后告诉我
那些拒不瞑目的词句
都被葬在了哪里

  在某个静静的夜晚

2017/11/8

真我的回音

希望只是失望欲忘却的媚眼
绝望中只想直视苍天的双眼

剑出鞘只为剥去星空的暧昧
酒婆娑只为洗清模糊的初始
当歌只为聆听那真我的回音

静谧山峦处女般在冬雾中深锁
陈旧的问号从远古沉重地游来
浓厚的阴影弥盖了喧嚣的尘寰

一颗剧烈跳动的心脏
每次呼吸中仍在询问
真我的回音能否唤醒
在苍茫中沉睡的自然

1999/11/29

只能继续

反抗是无条件的

虽然昆仑的摇晃在加剧
恰如你
对命数的信心

虽然天空已变得越来越黑
恰如你的等待
已深入到夜的边缘

虽然酒杯的碎片越来越细
恰如你的希望
一次次破碎在地上

但反抗
只能继续

2017/8/22

纸花

他的意义
不再是愤怒和悲伤

他的欲望
是系在自己墓碑上的
一朵苍白的纸花

2016/3/11

致孤独

不要问生命是否值得
只须知孤独
使痛苦更加深刻

生命是死亡的异变
死亡由孤独定义

宿命如欲凌驾死亡
孤独是唯一的险途

那里
埋葬着理智的灰烬
祭典着阳光的终结
流浪着灵魂的无奈

2004/11/28

致 Mireille Mathieu

（一）
只有你的歌声
能缓冲生命
堕落的加速度

每当在心灵的圣坛
面对你的美丽
总是不禁思忖
这美丽是否
迟到了五千年
这忧伤是否
又苍老了五千年

（二）
不要哀伤的岁月
不要失约的太阳
不要挣扎的孤独
不要被束缚的冲动

只要让
所有心灵的碎片
变成你歌声的音符
乘着千只白鸽的翅膀

一起飞向
你
银河的故乡

2002/9/24

驻守
——秦俑印象

把错位的思念
变成陶土士兵
驻守在黄土高原
等候你的归来

时间的沉沙滚动
你终于从异域乘风而来
欣赏着秦俑战士
望着他饱经沧桑的深眸

你穿着精巧的凉鞋
从他身旁轻轻走过
了然不知他为你
已默默驻守了两千年

2002/3/5

自虐的快乐

任凭时间从指间平静地流过
是在以最残暴的方式虐杀自己

一只沾满污泥和血水的皮靴
踏在一颗头颅之上
一秒一秒地踩入尘埃

那颗头颅骄傲地说
　如同所有其他人一样
　我过着幸福的生活。
　人的生活
　难道不都是如此吗

那只皮靴说
　是的
　人们因此而无怨于我
　我已感到疲倦
　人类却乐此不疲
　如果尘土是意义
　虐杀等同乏味
　谁能告诉我
　被虐杀的意义何在
　虐杀的乐趣何在

那颗越陷越深的头颅说
你想得太多了
还是集中精神
用力向下踩我的头吧

2017/8/8

子夜玫瑰

人在夜晚熟睡
一个失去了知觉的皮囊
可是记忆却如幽灵般
越晚越清醒

它把自己藏在梦里
躲在梧桐叶子里
坐在小窗前的阳台
挂在弯弯的月钩上

曾经的生命激昂
萎缩成了干枯的玫瑰标本
刻印在心灵上锁的书中

没人能翻动这本书
玫瑰标本只有在子夜
孤独地歌唱那首
只属于自己的忧伤的歌

2014/12/12

最爱

最爱抚摸
你声音中娇柔的曲线

最爱在你头发
乌黑的波浪中淹没

最爱与你一起
追逐激情谜一样的纹路

最爱那梦境中的一刻
当我睁开醉意的双眼
你的笑颜盈怀
如晨露
仍垂挂在兰花枝头

2002/12/3

最亮的一颗星

你是天边最亮的一颗星
当夜幕低垂　万籁无声
你隐约迷幻　眉宇散发着
水星般的温馨

你是天边最亮的一颗星
当细雨零愁　眉梢暗上
你顾盼回眸　眼中流露着
土星般的哀伤

你是天边最亮的一颗星
当旭日东升　薄雾消散
你梦中初醒　秀发微凌
又似木星般清新

你是天边最亮的一颗星
在仲夏之夜　月影迷离
玫瑰花丛迷漫着巴黎
最后的探戈　这时的你
会焕发出金星般的热情

你是天边最亮的一颗星
尽管宇宙旷渺　旅途艰辛

尽管春夏秋冬　光阴流梭
独具风情的你
永远是我天边最亮的那颗星

1998/4/16

醉的因缘

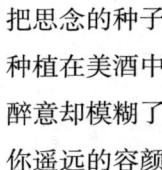

把思念的种子
种植在美酒中
醉意却模糊了
你遥远的容颜

宿醉在午夜
这孤独的杯酒
沉淀着被击碎的原因

锋利的碎片
没有原谅的温情
它隔断了
一个挣扎着的
想呐喊的喉咙

种植过天长地久的根芽
却在第一场春雨中
腰折

设计过遥远的路途
却在第一个路口
各奔东西

如今

只想知晓

当春风吹盛

下季玫瑰之前

天各一方的你我

是否有机会

再忆起曾经

宿醉的因缘

2004/9/5